NEBELMEER
(DAS WEISSE
MEER)
CHISIRO
Enat
R
V
YEDEAS
Lorej
Lyecenthe
ENDRA
Kari
A
TINALTAN
Marui
FAYAGIR

Astrid Vollenbruch

Die Vögel des Feuers

Astrid Vollenbruch

Einhornzauber

Die Vögel des Feuers

KOSMOS

»Es gibt nur eine einzige Tür auf
dem Weg in die gläserne Höhle«,
sagte der Spürer. »Und den Schlüssel
dazu habe ich.«

Sonja macht nicht mehr mit

»Ich mach's nicht«, sagte Sonja. »Kommt nicht infrage, ich denke nicht daran, schönen Gruß an Aruna, das kann sie vergessen. Ich steige aus.«

Ben seufzte. »Noch etwas Kakao?«, schlug er vor.

Sonja betrachtete ihn misstrauisch und kam zu dem Schluss, dass es eine ehrlich gemeinte Frage war. Also schob sie ihren Becher zu ihm hin, und er füllte ihn auf. Sie zog den Becher wieder zurück, hob ihn hoch und trank.

Sie hatte nicht gewusst, wie gut heißer Kakao schmecken konnte, wenn man gerade tagelang von kaltem oder abgestandenem Quellwasser gelebt hatte. Am liebsten hätte sie einen ganzen Bottich davon getrunken. Am liebsten hätte sie auch bis in alle Ewigkeit unter der heißen Dusche gestanden, aber Melanie hatte sie schon nach einer Stunde erbarmungslos zum Aufhören gezwungen und war selber für eine Stunde unter der Dusche verschwunden. Das war bestimmt sehr teuer, aber Ben, dessen kleines Badezimmer anschließend schwamm, sagte nichts dazu. Stattdessen deckte er in aller Ruhe den Tisch in seiner Küche, steckte die dreckigen Kleidungsstücke in die Waschmaschine und kümmerte sich um Lorin, Elri und die Pferde, die nach der plötzlichen Reise aus Parva hierher ziemlich durcheinander waren. Die Pferde – Beyash und Iruko – waren so nervös und schreckhaft, dass er sie schließlich auf die Weide zu Nachtfrost brachte, der sie als Einziger beruhigen konnte.

Aber auch Lorin und Elri, Nomadenkinder aus einer Welt ohne Technik und Elektrizität, brauchten eine Weile, um den Kulturschock zu überwinden. Lorin war erst aufgetaut, als er Bens Pferdebücher gesehen hatte, und Elri – nun ja, Elri war bisher noch nicht aufgetaut. Sie hatte sich nicht zurück in einen Menschen verwandelt, sondern hockte in ihrer schwarzen Wolfsgestalt mit gesträubtem Pelz, angelegten Ohren und eingeklemmtem Schwanz unter dem Küchentisch. Man musste kein Wolfskenner sein, um zu begreifen, dass sie sich in dieser fremden, unverständlichen Umgebung kein bisschen wohlfühlte. Sie hatte sich nicht einmal überreden lassen, ein Käsebrötchen zu fressen.
Die anderen hatten ihre Beruhigungsversuche schließlich aufgegeben und saßen jetzt am Tisch. Sonja und Melanie steckten in zwei von Bens Pullovern, die ihnen ein ganzes Stück zu groß waren. Lorin trug sein besticktes Lederhemd und die abgewetzte Hose und sah mit seiner graubraunen Haut und den dunkelbraunen Haaren sehr exotisch aus. Aus großen Augen schaute er sich immer wieder um und zuckte jedes Mal zusammen, wenn Bens Kaffeemaschine knackte.
»Ach, komm schon«, sagte Melanie, schob den Ärmel des übergroßen dunkelroten Pullovers zurück und schmierte ordentlich Quark und Honig auf ihr Brötchen. »Du weißt genau, dass wir das nicht ohne dich durchziehen können.«
»Ist mir egal«, sagte Sonja. »Von mir aus kann Aruna sich eine neue Auserwählte suchen.«
»Fragt mich vielleicht auch mal jemand?«, fragte Lorin.
»Nein«, sagte Sonja patzig. Elri knurrte unter dem Tisch.
»Knurr mich gefälligst nicht an! Ich weiß doch sowieso, was er sagen wird: alles bestens, opfere mich ruhig dem bescheuerten Amulett, die Göttin wird schon wissen, was sie

tut! Und wisst ihr, was *ich* dazu sage? Eure Göttin kann mich mal! Wenn sie so etwas – so etwas verlangt, dann kann sie mir gestohlen bleiben!«

Elri knurrte lauter, und Lorin wurde noch ein wenig blasser. »So solltest du nicht über Aruna reden, Sonja.«

»Die Frage ist doch nicht, was wir alles *nicht* tun werden«, sagte Ben ganz ruhig. »Sondern was wir tun. Ich mache mir ja auch Vorwürfe, dass ich euch das Buch mit der Prophezeiung überhaupt gegeben habe, ohne zu wissen, was darin steht. Aber das nützt jetzt auch nichts. Was ihr erzählt habt, ist schlimm genug – Parva im Nebel versunken, das Letzte Heer auf der Flucht. Wir müssen überlegen, was wir jetzt tun sollen, und zwar schnell. Und die wichtigste Frage ist nun einmal, Sonja, was du tun wirst. Ob dir das nun gefällt oder nicht.«

Sonja wich seinem Blick aus und trank ihren Kakao. Aber so einfach war es nicht, ihm zu entkommen; er wartete einfach, bis sie den Becher absetzte, und schaute sie immer noch an. Sein Gesicht war so schwarz, dass sie nur das Weiße in seinen Augen erkennen konnte. Es war ein schönes, freundliches Gesicht, aber es gehörte nicht in diese Welt, ebenso wenig wie Lorin, Elri, Nachtfrost, Beyash, Iruko und Kiribu ... sie alle waren *fremd*. Und nur Melanie war vertraut, aber selbst sie wollte, dass Sonja nach Parva zurückging und mit Lorin einen Ort namens »Gläserner Schlot« fand, wo er sich irgendwie dem Amulett opfern sollte. Sonja wusste nicht, wo und was dieser gläserne Schlot sein sollte, aber was sie mit dem Rest der Prophezeiung anfangen wollte, wusste sie ganz genau.

»Ich mache es nicht«, sagte sie. »Ist mir egal, was ihr alle sagt, ich mache es nicht, und damit basta.«

Elri knurrte wieder und hörte auch nicht auf, als Lorin ihr

den schwarzen Pelz kraulte. Der Junge aus Parva war blass, sagte aber nichts. Melanie schüttelte nur den Kopf. Ben schaute Sonja an, und unter diesem Blick wurde ihr sehr unbehaglich zumute. Trotzig hielt sie ihm stand.
»Und was hast du stattdessen vor?«, fragte Ben. »Niemand außer dir kann das Amulett anfassen. Was willst du damit machen?«
Seine Ruhe machte sie erst recht wütend. Sie fühlte sich in die Ecke getrieben – es war so ungerecht! Warum verstand niemand, was in ihr vorging? »Weiß ich nicht! Ist mir auch egal!« Abrupt stand sie auf und stieß ihren Stuhl zurück. »Ich geh runter, ich brauche Luft!«
»Warte«, sagte Ben. Sonja schaute ihn wütend an, aber er blieb ganz ruhig. »Zieh dir erst etwas Warmes an. Eure Sachen müssten jetzt trocken sein. Nur dein Pullover ist hinüber; am besten behältst du erst mal meinen.«
Während er zur Waschküche ging, sagte niemand etwas. Melanie rührte in ihrem Kakao. Lorin schaute aus dem Fenster in den Stall hinunter und streichelte Elris Kopf. Sonja guckte die Wand an. Es war eine blöde, langweilige Wand, aber lieber guckte sie so etwas an, als Melanies vorwurfsvollem Blick zu begegnen. Und Lorin ... es tat einfach nur weh.
Als Ben zurückkam, zog sie ihre Hose und die Socken an und schob ihre Füße in ihre abgetretenen Schuhe. Genau genommen waren es übrigens nicht ihre Schuhe. Sie hatten Haelfas gehört, dem Schattenjäger, mit dem sie quer durch Parva gewandert war. Als ihre alten Stiefel ihr die Füße blutig gescheuert hatten, hatte er ihr seine Schuhe gegeben und war selber barfuß weitergewandert. Und obwohl ihr die Schuhe am Anfang zu groß gewesen waren, passten sie jetzt wie angegossen.

Magie eben – wie so vieles, das sie inzwischen beinahe als selbstverständlich ansah.
Wortlos verließ sie die Küche, stieg die schmale Holztreppe von Bens Wohnung nach unten, öffnete eine Tür und stand auf der Stallgasse des Stutenstalles. Alle acht Boxen waren belegt. Die Stuten fraßen Heu, tranken Wasser oder dösten vor sich hin. Schon oft war Sonja traurig oder wütend in den Stall gekommen, und die friedlichen Geräusche und der Geruch nach Pferden und Heu hatten sie fast sofort beruhigt und aufgeheitert, aber heute funktionierte es nicht. Viele ihrer Probleme hatte sie einfach durch Reiten und Stallarbeit umgangen oder weggeschoben, aber mit ihrem jetzigen Problem ging das nicht. Weglaufen, verdrängen, wegschieben nützte gar nichts; sie würde es lösen müssen. Irgendwie.
Ostara schob den Kopf über die Boxentür und schnaubte Sonja entgegen. Sonja trat zu ihr und streichelte das weiche Pferdemaul. »Warum kann es nicht einfacher sein?«, flüsterte sie. Und einen Moment lang erwartete sie wirklich, Ostara würde ihr antworten, so wie Nachtfrost es immer tat: mit einer dunklen, freundlichen Stimme irgendwo in ihrem Kopf. Doch die Stute schnaubte nur und verlor das Interesse, weil es nichts zu knabbern gab. Sie zog den Kopf wieder zurück und tauchte ihn ins Heu. Das Fohlen in ihrem dicken Bauch beulte sie ganz ordentlich aus. Irgendwann in den nächsten Tagen würde es zur Welt kommen, hatte Ben gesagt und die Stute deshalb in der Box gegenüber seiner Wohnung einquartiert, damit er schnell zur Stelle sein konnte, wenn es losging. Sonja hatte noch nie die Geburt eines Fohlens miterlebt. Wenn sie doch einfach hierbleiben könnte! Die Boxen ausmisten, die Pferde striegeln und füttern, auf Nachtfrost reiten und so tun, als

wären sie echte Jockeys im Pferderennen: das waren ihre Träume gewesen.
»Wenn es eine Möglichkeit gibt, etwas in Ordnung zu bringen, möchte ich es wenigstens versuchen«, hatte sie vor langer Zeit zu Veleria gesagt, der weisen alten Anführerin der Wolfsmenschen. Damals war sie viel mutiger gewesen. Aber damals war es ja auch noch ganz leicht gewesen, zwischen Richtig und Falsch, Gut und Böse zu unterscheiden.
Ob Ben sehr wütend auf sie war? Bestimmt hatte er sich das alles auch anders vorgestellt. Immerhin war er ein »Beobachter« und hatte ursprünglich bestimmt nicht geplant, in einer fremden Welt herumzusitzen und Pferde zu pflegen. Aber nun war er für das gesamte Gut verantwortlich, denn die eigentliche Besitzerin stand in einen Baum verwandelt in einer toten Stadt und würde nicht so bald zurückkommen. Vielleicht nie. Und nun musste Ben alle Entscheidungen treffen und konnte trotzdem überhaupt nichts tun, um Parva zu helfen. Er konnte auch das Amulett nicht nehmen – dabei hätte Sonja es ihm jetzt liebend gern gegeben.
Sie schob die Stalltür auf, ging hinaus und machte die Tür ordentlich hinter sich zu. Der kalte Januarwind sprang sie an, und fröstelnd zog sie die Schultern hoch. In der Nordecke des Hofes lag noch immer ein wenig Schnee. Sollte sie wieder hineingehen? Aber drinnen würde sie nur immer das Gleiche zu hören bekommen: *Du musst dies tun, du musst jenes tun, alles hängt von dir ab, und es ist ganz egal, wie du dich dabei fühlst.*
Aruna hat kein Recht dazu, dachte sie wütend. Ganz egal, ob sie eine Göttin ist oder nicht, sie kann so etwas nicht von mir verlangen!
Weil es zu kalt war, um einfach stehen zu bleiben, ging sie los. Zuerst streunte sie ziellos über den Hof. Kiribu, der gro-

ße weiße Hund, trabte von seiner Hütte auf sie zu, um sie zu begrüßen. Früher hatte sie Angst vor ihm gehabt, aber jetzt streichelte sie ihn und ließ sich die Hand lecken, und als sie sich abwandte und er leise winselte, sagte sie: »Ach, komm schon mit.«

Kiribu wedelte begeistert mit dem Schwanz und rannte um sie herum, und dann schnupperte er überall im Hof herum, als ob er nicht jeden Winkel und jede noch so winzige Geruchsspur kennen würde. Nur vor einer Stelle wich er knurrend, steifbeinig und mit gesträubtem Fell zurück. Sonja konnte dort auf den Pflastersteinen nichts Besonderes sehen, aber das war auch nicht nötig. Melanie hatte ihr ausführlich erzählt, wie an dieser Stelle der Nebeldämon zerschmolzen war, den Nachtfrost nach erbittertem Kampf mit letzter Kraft hier herübergezerrt hatte, um ihn von seiner Machtquelle abzuschneiden und doch noch zu besiegen. Als Sonja sich auf dem Hof umsah, schien es ihr, als sei Gut Stettenbach eine Schnittstelle zwischen den Welten: bewohnt von – nun ja – »Außerirdischen«, voller Spiegel und Tore und Durchgänge in die Geisterwelt, und niemand wusste, was für zauberische Dinge oder Gefahren im Haus lagerten, dessen Schlüssel Ben verwahrte.

Gleichzeitig war es ein höchst irdisches Renngestüt mit Terminen, Verpflichtungen und einigen sehr erfolgreichen Rennpferden ... und es war der Ort, an dem wahrscheinlich bald sowohl Sonjas als auch Melanies Eltern auftauchen würden, um herauszufinden, was hier eigentlich vorging. Mit zwölf Jahren konnte man eben nicht einfach für mehrere Tage verschwinden, die Eltern von einem fremden Mann verhexen lassen, andauernd mit zerschlissenen, zerfetzten Klamotten nach Hause kommen und irgendetwas über Einhörner, Nebelbrücken und fremde Welten erzäh-

len, ohne dass sie zumindest stutzig wurden. Man konnte nur hoffen, dass Ben eine bessere Erklärung einfiel als die, die Sonja im Kopf herumging.
Macht euch keine Sorgen, Mama. Es ist nur ein Spiel.
Ja, genau. Ein Spiel, das uns alle schon beinahe umgebracht hat und Lorin umbringen wird – durch meine Schuld.
Ich mache es nicht, ich mache es nicht, ich mache es nicht! Ich schmeiße das verflixte Amulett weg, und ...
... und ...
... und damit war überhaupt nichts gewonnen. Wenn Aruna sich eine andere Auserwählte suchte, würde diese das tun, was Sonja nicht tun wollte. Und Lorin würde immer noch geopfert werden.
Kiribu trottete zu ihr hin, stieß seine Schnauze in ihre Hand und winselte leise. Sie streichelte ihn und merkte, dass sie allmählich ganz ordentlich fror. Ihre Hände waren eiskalt. Aber sie wollte nicht wieder in den Stall gehen. Sie wollte ...
... zu Nachtfrost.
Warum stand sie eigentlich hier herum, wenn das doch das Einzige war, was sie wollte?
Sie lief los. Kiribu bellte überrascht und rannte dann vor ihr her. Durch den Torbogen, zu den Weiden mit den weißen Holzzäunen. Dort stand Nachtfrost wie ein ganz gewöhnliches schwarzes Pferd am Zaun und schaute ihr entgegen, während Iruko und Beyash in der Nähe grasten. Sonja lief zum Zaun, kletterte hinüber, schlang ihre Arme um den warmen schwarzen Hals und vergrub ihr Gesicht in seinem Fell. Nachtfrost schnaubte leise und stupste ihre Schulter sanft mit dem Maul an. *Sitz auf. Es ist zu kalt für dich.*
Sie nickte, griff in seine Mähne und schwang sich auf sei-

nen Rücken. Einen winzigen Augenblick lang fürchtete sie, Nachtfrost würde nun kehrtmachen und sie geradewegs nach Parva bringen, gegen ihren Willen. Aber das schwarze Zauberwesen stand ganz still, senkte leicht den Kopf und gab ihr einfach nur Stille und Wärme, sodass sie sich bitterlich schämte, so etwas auch nur eine Sekunde lang gedacht zu haben. Sie beugte sich nach vorne und legte ihren Kopf auf die schwarze Mähne. »Was soll ich nur machen?«, flüsterte sie.

Vertrau mir, antwortete Nachtfrost ganz ruhig.

»Ich will ja«, flüsterte sie und wischte sich über die Wangen.

Fast unmerklich setzte er sich in Bewegung und trottete am Zaun entlang. Kiribu sprang um Nachtfrost herum, dann lief er über die Weide und verfolgte Fährten, die er interessanter fand. Nach einiger Zeit trottete er zurück zum Hof. Sonja lag auf Nachtfrosts Rücken, atmete seinen Pferdegeruch ein, schloss die Augen und ließ sich einfach tragen.

Ich werde dir eine Geschichte erzählen, sagte Nachtfrost in ihren Gedanken. Überrascht machte Sonja die Augen auf und richtete sich halb auf. *Nein, hör einfach nur zu.*

Also gut. Sie schloss die Augen wieder und kuschelte sich in sein warmes Fell.

Es ist eine Geschichte, die bei den Teshante und den Ava aus Ost-Parva erzählt wird. Einmal herrschte großer Hunger beim Stamm der Teshante, denn die Herden der wilden Sirinkim waren fortgezogen, und niemand konnte sie finden. Ein junger Mann wollte das Leid seines Stammes nicht mehr mit ansehen und schwor, erst wieder heimzukommen, wenn er Nahrung gefunden hätte. So ging er in die Berge, aber er fand nichts, nicht einmal ein wildes Kaninchen. Als der Abend kam, hatte er nichts erlegt. Hungrig und müde machte er ein Feuer und legte sich hin. Auch am nächsten und übernächsten Tag fand er keine Beute. In der dritten Nacht war er so schwach, dass er nicht schlafen konnte. Er saß am Feuer und war so verzweifelt, weil er seinem Volk nicht helfen konnte, dass er die Trolle und die Alten Völker und den Himmel um Hilfe bat. Das hörte ein Falke, der in der Nähe auf einem Baum saß. Er verwandelte sich in eine Frau, die zu dem Mann ans Feuer ging.

Ich werde dir helfen, sagte sie, und gebe deinem Volk zu essen, wenn du mir dafür dein Leben gibst.

Ich habe keine Angst vor dem Tod, sagte der Teshante. Wenn du mir hilfst, mein Volk zu retten, werde ich dir geben, was du verlangst.

Da verwandelte sich die Frau wieder in einen Falken, und als der Morgen kam, führte sie ihn zu einer Schlucht, in der sich eine große Herde Sirinkim aufhielt. Der Teshante kehrte zu seinem Volk zurück, und sie gingen auf die Jagd und mussten nicht mehr hungern.

Als alle satt waren, sagte der Mann zu der Falkenfrau: Du hast meinem Volk geholfen. Jetzt will ich den Preis bezahlen. Töte mich!

Aber die Frau lachte. Du hast mich nicht verstanden. Ich will dein Leben, nicht deinen Tod!

Und sie zogen zusammen in ein Zelt.

Sonja setzte sich auf. Sie zitterte jetzt am ganzen Körper, aber nicht, weil ihr kalt war. »Warum erzählst du mir das?«, flüsterte sie.

Schau dir das Amulett an, sagte Nachtfrost sanft. *Nein, die Rückseite.*

Sonja hatte das Amulett unter dem Pullover herausgezogen. Verwirrt drehte sie es um. Auf der Rückseite befand sich ein eingraviertes Zeichen. Das war schon immer da gewesen, aber sie hatte es nie entziffern können. Aber so, wie

sie durch Zauberei das Buch der Enat hatte lesen können, begriff sie jetzt plötzlich, was der verschlungene Schnörkel bedeutete.
Zwei sind eins.
Sonja, sagte Nachtfrost, *glaubst du wirklich, dass die Göttin das Gleichgewicht wiederherstellen möchte, indem sie euch auseinanderreißt? Vertrau mir. Du wirst den richtigen Weg wählen, und alles wird gut ausgehen.*
Sonja war es plötzlich heiß und kalt zugleich. Erleichterung und Hoffnung brandeten wie eine Woge durch ihren Körper – zu stark, um sie zu fassen. »Aber – die Prophezeiung sagte – das Opfer –«
Du wirst es verstehen.
»Aber –«
Das ist alles, was ich dir jetzt sagen kann. Komm, es ist Zeit. Der Nebel wartet nicht.
Sonja schluckte. Ganz plötzlich erinnerte sie sich wieder daran, was auf dem Spiel stand. Alle ihre Freunde waren im Nebel gefangen. Darian, der Prinz von Parva. Ganna, die Anführerin der Nomaden. Rion, der Wolfsgestaltwandler, Sluh, der Erdgnom, Eok vom Kleinen Volk. Sogar – ja, sogar Rashun, der Anführer des Letzten Heeres. All die Wesen, die sie kennengelernt hatte, die ihr vertraut und mit ihr gesprochen hatten und denen sie helfen musste, weil es niemanden sonst gab, der das tun konnte.
Und Nachtfrost hatte versprochen, dass alles gut ausgehen würde. Sonja konnte sich nicht vorstellen, wie das möglich sein sollte – würde ihr Weg wirklich der richtige sein? Wie sollten ein paar Kinder den schrecklichen Spürer besiegen, den Wolfsgott wiedererwecken und den Nebel vertreiben?
Aber irgendwie war die dumpfe Verzweiflung plötzlich weg. Es fühlte sich an, als sei eine finstere schwarze Wolke

plötzlich weitergezogen und hätte die Sonne durchgelassen. Sonja atmete tief ein – zum ersten Mal seit Tagen, kam es ihr vor. Sie würden es schaffen. Nachtfrost hatte es *versprochen.*

Fertig?, fragte er, und sie spürte, wie er sich unter ihr spannte.

Sie wusste, was er vorhatte, und hielt sich an der Mähne fest. »Fertig!«

Und mit einem gewaltigen Sprung setzte er über den weißen Zaun und galoppierte zum Hof.

Zurück nach Parva

Es war erstaunlich, wie sich die Stimmung in Bens Küche veränderte. Melanie stieß ein Geheul aus, das beinahe Elris Wolfsheulen übertönte, und fiel Sonja um den Hals. Ben grinste breit und fing sofort an, Proviant zusammenzupacken. Und Lorin – ja, Lorin nahm einfach nur mit scheuem Lächeln Sonjas Hand und hielt sie fest. Woraufhin sie ihm um den Hals fiel.

»Schön, wir gehen also zurück«, sagte Melanie, als sich der erste Trubel gelegt hatte. »Super! Und wohin?«

Elri gab ein leises Winseln von sich. »Darian suchen«, übersetzte Lorin. »Er wollte zur Festung Chiarron, aber wir wissen nicht, ob er jemals dort angekommen ist.«

Sonja nickte. »Und wir müssen seine Eltern finden – den König und die Königin. Veleria wollte, dass sie das Amulett bekommen. Also müssen sie uns sagen können, wo der – der gläserne Schlot ist.« Ganz leicht fiel es ihr nicht, diese Worte auszusprechen. Zu lange war der gläserne Schlot nur eine schreckliche Drohung gewesen; sie musste sich erst daran gewöhnen, dass er jetzt eine Hoffnung sein sollte.

»Dann schlagen wir zwei Fliegen mit einer Klappe«, meinte Melanie. »Darian wollte seine Eltern suchen, und Veleria hat gesagt, er würde sie in der gläsernen Höhle finden. Und die liegt irgendwo unter Chiarron. Also brauchen wir nur direkt nach Chiarron zu reiten, und schwupps, sind alle Probleme gelöst.«

»Nicht ganz«, sagte Ben. »Falls sich der Spürer noch in Chiarron aufhält, ist es gefährlich, das Amulett in seine Nähe zu bringen.«

»Aber irgendwie müssen wir doch nach Chiarron!«

Ratlos schauten sie einander an.

»Hm«, machte Ben. »Wisst ihr was? Ich glaube, es ist das Beste, wenn ihr zuerst Darian sucht. Er kennt sich in Chiarron aus, schließlich ist es sein Zuhause. Er kann euch den Weg in die gläserne Höhle zeigen. Oder vielleicht hat er seine Eltern schon gefunden, dann ist natürlich alles ganz einfach.«

»Und wie sollen wir ihn finden?«, fragte Sonja.

»So, wie du auch Nachtfrost schon einmal gefunden hast. Benutze das Amulett. Es wird euch die richtige Richtung zeigen.«

»Aber vielleicht bemerkt uns dann der Spürer! Er hat mich schon einmal durch das Amulett gefunden!«

Ben schüttelte den Kopf. »*Du* hast *ihn* gefunden. Er kann das Amulett nicht benutzen. Wenn du dich beim Suchen auf Darian konzentrierst, wird der Spürer nicht einmal ahnen, dass du wieder in Parva bist.« Sonja wollte gerade aufatmen, als er fortfuhr: »Allerdings wird er es sehr schnell erfahren; seine Spione werden es ihm verraten. Ihr müsst also sehr vorsichtig sein.« Er band den Vorratsbeutel zu und gab ihn Melanie. »Hier. Wann wollt ihr aufbrechen?«

Sonja dachte an Nachtfrost, der unten in der Stallgasse wartete, und an all ihre Freunde. »Sofort«, sagte sie entschlossen.

»Aber was ist mit unseren Eltern?«, fragte Melanie. »Meine Mutter bringt mich um – wir haben die Mathearbeit verpasst, und wenn wir jetzt einfach wieder verschwinden und wer weiß wie lange wegbleiben, reißt sie mir den Kopf ab!«

»Ich kümmere mich darum«, sagte Ben. »Natürlich machen sie sich Sorgen. Wenn ich wenigstens die Alraunen einsetzen könnte – aber ich werde eure Eltern einfach irgendwie überzeugen müssen, dass alles in Ordnung ist. Und solange ihr euch innerhalb der Prophezeiung bewegt, stimmt das auch. Aber ihr müsst vorsichtig sein. Geht kein unnötiges Risiko ein.«

Sonja verzog das Gesicht. »Dazu hab ich sowieso viel zu viel Angst.«

Sie gingen nach unten in den Stall und hinaus auf den Hof, und Melanie und Lorin liefen los, um Beyash und Iruko zu holen. Sonja griff in Nachtfrosts Mähne und schwang sich auf seinen Rücken. Zwar war er hier noch nicht so riesig wie in Parva, aber selbst in seiner normalen Pferdegröße erschien es ihr noch immer erstaunlich, dass sie einfach so, ohne Hilfe hinaufkam.

Lorin und Melanie kamen mit den Pferden zurück. Lorin rutschte ein Stück nach hinten und zog Elri mit aller Kraft nach oben, als Ben sie auf Irukos Rücken hievte. Sie winselte, klemmte den Schwanz ein und sah überhaupt nicht glücklich aus.

»Oh, Moment noch«, sagte Ben. »Hier ist noch etwas, das dir gehört.« Er kam zu Nachtfrost und reichte Sonja eine kleine Flöte. Überrascht schaute sie zu ihm hinunter. »Die hat Ganna mir geschenkt! Wo hast du sie her? Ich wusste nicht mehr, wo sie geblieben war!«

»Ich habe sie drüben im Haus gefunden«, antwortete Ben und lächelte aus seinem schwarzen Gesicht zu ihr hoch. »Verlier sie nicht, du wirst sie brauchen.«

»Wozu?«

Er lachte. »Um Musik zu machen, *yeriye*.«

»Ach, du! Ich dachte, du sagst jetzt so etwas wie: *In der größten Not ruft sie Hilfe* oder dergleichen!«

Ben lächelte wieder. »Im richtigen Augenblick kann auch Musik eine große Hilfe sein.« Er strich Nachtfrost über den Hals und trat dann ein paar Schritte zurück. »Passt gut auf euch auf.«

Nachtfrost schnaubte und setzte sich in Bewegung. Iruko folgte ihm mit Lorin und Elri auf dem Rücken. Sonja erinnerte sich daran, wie überrascht sie gewesen war, dass Nachtfrost Iruko einfach mit über die Nebelbrücke gezogen hatte. Nachtfrost hatte geantwortet: *Eigentlich habe ich nicht Iruko mitgenommen, sondern Lorin, weil du durch die Göttin mit ihm verbunden bist. Iruko kam eben zufällig mit.* Aber zu diesem Zeitpunkt war das kein Thema gewesen, über das sie reden wollte.

Sie winkte Melanie zu, die als Brückenwächterin selbst nicht über die Nebelbrücke nach Parva reiten durfte und deshalb mit Beyash durch einen Spiegel reisen würde. Melanie winkte zurück, und dann galoppierte Nachtfrost an. Beinahe sofort quoll der Nebel um sie herum auf, und es wurde dunkel und kalt. Sonja fröstelte und grub ihre Hände in Nachtfrosts Mähne, die jetzt silbern schimmerte. Ganz gleich, wie oft sie jetzt schon über die Nebelbrücke geritten war, diese Reise zwischen den Welten machte ihr noch immer Angst. Sie warf einen Blick über die Schulter. Dicht hinter ihr galoppierte Iruko, fast unsichtbar in der Finsternis, nur der weiße Stern auf seiner Stirn war deutlich zu sehen. Lorin hielt die schwarze Wölfin fest, die zappelte und sich zu wehren schien. Was war da los? Aber noch bevor sie Nachtfrost bitten konnte, langsamer zu werden, löste sich der Nebel auf, die Luft roch überwältigend nach Wald, und sie waren in Parva.

Ratlos betrachtete Melanie den großen Spiegel am schmalen Ende der Reithalle. Er fing in etwa 1,20 Meter Höhe an, und sie konnte sich beim besten Willen nicht vorstellen, wie sie Beyash dazu bringen sollte, mitten in diesen Spiegel hineinzuspringen. »Ben, wie soll das gehen? Was soll ich jetzt machen?«

»Der Weg durch den Spiegel ist ein Zauber«, antwortete Ben. »Genau wie die Nebelbrücke. Sitz auf, dann zeige ich es dir.«

Melanie schwang sich auf Beyashs Rücken. Er tänzelte ein wenig auf der Stelle und warf den Kopf hoch, als wüsste er, dass es zurück nach Hause gehen sollte. Als Ben durch den braunen Sand auf den Spiegel zustapfte, folgte Beyash ihm von allein.

»Hier«, sagte Ben und blieb vor den Spiegel stehen. »Berühre den Spiegel.«

Nur aus Spaß probierte Melanie aus, ob Beyash eine Schenkelweiche hinbekam, und zu ihrer Verblüffung gab er sofort nach, trat zur Seite und stand perfekt in der Bahn. Ben lachte und klopfte dem Pferd lobend auf den Hals. »Gut gemacht. Aber das mit der Dressurmeisterschaft üben wir später, jetzt ist dafür keine Zeit.«

Melanie grinste, aber er hatte recht. Also streckte sie die Hand aus und berührte den großen Spiegel.

Vor ihr begann die Luft zu flimmern. Ein Tor bildete sich, halb im Spiegel und in der Wandabdeckung und halb über dem Sandboden der Halle.

»Gut«, sagte Ben. »Schnell jetzt. Passt auf euch auf.«

Melanie nickte, holte tief Luft und trieb Beyash an.

Ben sah zu, wie die beiden durch das zauberische Tor verschwanden. Kaum waren sie fort, löste es sich auf. Er kraulte Kiribu, der sich an sein Bein drängte, und seufzte leise.

Das Abenteuer hatte eine Wendung genommen, die ihm nicht gefiel. Diese elende Prophezeiung hatte beinahe alles ruiniert. Er hatte Prophezeiungen noch nie leiden können – selbst wenn sie mehrdeutig und missverständlich waren, beeinflussten sie das Handeln, bis keine freie Entscheidung mehr möglich war. Und diese spezielle Prophezeiung war alles andere als mehrdeutig. Sie erzählte von der Wiederkehr des gefallenen Wolfsgottes Kinriat, dessen Macht durch die Jahrhunderte weitergegeben worden war und nun in einem Sterblichen schlummerte.

Und ihr erkennt ihn daran, dass sein Gesicht gezeichnet ist. Er ist der Bruder der Wölfin, der Gefährte der Wölfin ist sein Freund, und die Göttin selbst wird ihm eine Gefährtin schicken.

Das war Lorin, daran gab es keinen Zweifel.

Über dem gläsernen Schlot muss er sich der Macht der Göttin opfern, denn so ist es vorherbestimmt, damit der Ewige Bund erneut geschlossen wird und alles eins ist in Ewigkeit.

Und das war das Problem.
Nachtfrost hatte Sonja ihre Hoffnung und Zuversicht wiedergegeben, aber Ben war noch nicht sicher, ob es wirklich so einfach werden würde. Denn bei aller Liebe und Freundschaft war Nachtfrost vor allem eins: ein Bote der Göttin. Und er sagte nicht ein Wort mehr, als er sagen durfte.
Ben verließ die Reithalle und ging in seine Wohnung, um aufzuräumen. Es war wirklich sagenhaft, wie viel Unordnung drei Kinder und eine Wölfin innerhalb von ein paar Stunden anrichten konnten, obwohl sie eigentlich fast die ganze Zeit still in der Küche gesessen hatten. Aber Elri hatte einen Schwung schwarzer Wolfshaare auf dem Küchenboden verloren, Lorin hatte sein Honigbrötchen fallen

gelassen, Melanie hatte Kakao verschüttet, und Sonja hatte vor Wut und Verzweiflung ihre Papierserviette in tausend kleine Fetzen zerrissen. Ben räumte alles auf, wischte, putzte, fegte, wusch ab und ging dann in den Stall hinunter, um die Pferde zu füttern. Er war seit fünf Uhr auf den Beinen, fühlte sich müde und bedrückt und hätte sich am liebsten ins Bett gelegt, aber das kam nicht infrage; die Pferde gingen vor. Er verteilte Pellets, Heu und Möhren an alle, redete leise mit ihnen und schaute sich jedes Pferd genau an. Alle waren munter und gesund. Ostara stand in ihrer großen Box und schien in sich hineinzuhorchen. Ben kannte diesen Blick bei trächtigen Stuten; in dieser Nacht würde er wohl keinen Schlaf bekommen. Er verteilte eine Extraschicht frisches Stroh in der Box.

Jetzt waren die Hengste an der Reihe. Ben verließ den Stutenstall. Kiribu trottete hinter ihm her, aber plötzlich blieb er stehen und fing an zu knurren. Ben drehte sich zu ihm um. »Was ist?«

Aber da sah er es schon. Draußen vor dem Tor hielten zwei Autos. Türen schlugen zu, und als die Besucher durch das Tor auf den Hof kamen, wusste Ben, dass er in Schwierigkeiten war.

Nach Norden

Kein Nebel. Das war das Erste, was Sonja erleichtert feststellte. Sie erinnerte sich nur zu gut an den beißenden Giftgeruch des Dämonennebels, der sie und ihre Freunde im Sternrückengebirge eingeschlossen hatte, sodass ihnen nur noch die Flucht zu Ben geblieben war. Aber hier war die Luft klar und kühl und roch nach Erde und Wald. Sie befanden sich in einem kleinen Talkessel zwischen hohen Felswänden. Ein dünner Wasserfall sprühte von den Felsen herab, und das Wasser sammelte sich in einem Teich, an dessen Ufer Bäume und Sträucher wuchsen. Es schien später Nachmittag zu sein; der Himmel war noch hell, aber der Talkessel lag in tiefem Schatten. Sonja schaute sich nach Lorin, Elri und Iruko um und sah gerade noch, wie die schwarze Wölfin sich mit einem kräftigen Satz von Irukos Rücken abstieß, auf dem Boden landete und in gestrecktem Galopp im Wald verschwand. Lorin wischte sich etwas vom Gesicht ab, das wie Blut aussah.

»Lorin!«, rief Sonja erschrocken. »Was ist los?«

»Nichts«, sagte er rasch. »Ein Kratzer.«

»Wieso ist Elri weggelaufen? Warum hat sie dich gekratzt?«

»Das war nur ein Versehen. Sie ... kommt bald wieder.« Das war keine Antwort, aber in diesem Moment hörte Sonja ein Platschen vom Teich her und drehte sich um. Wie aus dem Nichts waren Melanie und Beyash da. Melanie lenkte den Rotfuchs zum Ufer, und dort schüttelte er sich so kräftig, dass er Nachtfrost und Sonja mit einem Sprühregen überschüttete und Melanie beinahe heruntergefallen wäre. »Schöne Gegend«, stellte sie fest, als sie wieder gerade saß, und schaute sich um. »Wo ist Elri? Und wo sind wir überhaupt?«

Nachtfrost hob den Kopf, witterte und schnaubte. *Weit im Norden*, antwortete er so, dass alle drei es hören konnten. *Dieser Wald gehört zu Eldia, dem Land der Nepe-Nomaden.*

»Sagt mir gar nichts«, stellte Melanie fest.

»Nepe, Ava und Teshante. Das sind die Stämme im Osten. Stimmt doch, Lorin, oder?«, sagte Sonja.

Lorin nickte nur.

»Und warum ist hier kein Nebel? Ich hatte gedacht, inzwischen wäre der Nebel – nun ja, überall.«

»Weiß ich auch nicht. Nachtfrost, warum –«

Aber er schüttelte nur leicht den Kopf. Das hieß nicht unbedingt, dass er die Antwort nicht kannte, aber Sonja hatte sich schon daran gewöhnt, dass er ihr nicht alles sagte, was er wusste.

»Und wo ist nun Elri?«, fragte Melanie weiter.

»Weggelaufen«, antwortete Sonja und blickte Lorin an. »Jetzt sag schon, warum hat sie unterwegs so gezappelt? Wenn sie abgerutscht und von der Nebelbrücke runtergefallen wäre, hätten wir sie nicht retten können!«

»Ich weiß«, sagte er unglücklich. »Sie hatte Angst.«

»Angst?«, wiederholte Melanie ungläubig. Sie erinnerte sich noch gut daran, wie sich Elri in der Schlacht gegen das Heer des Spürers auf die Feinde gestürzt hatte. »Elri hatte *Angst?*«

»Habt ihr euch nicht gewundert, warum sie sich in eurer Welt nicht in ein Mädchen zurückverwandelt hat?« Lorin rieb sich die Nase. »Sie konnte es nicht. Sie hat's versucht, aber es ging nicht. Und auf dem Rückweg ist sie in Panik geraten. Ich weiß nicht, warum. Aber sie kommt bestimmt bald wieder. Wenn sie eine Weile in der Welt herumgelaufen ist, die sie kennt.«

Es ist nicht nur das, ließ Nachtfrost sich vernehmen. *Elri ist ein Wesen, das in eurer Welt nicht lange überleben kann. Sie braucht die Magie der Geister, die hier in allem wohnt. In eurer Welt war sie von der Hälfte ihrer Seele abgeschnitten.*

»Das wusste ich nicht«, sagte Sonja bestürzt. »Warum hat sie denn nichts gesagt?«

Sie hat es selbst nicht so genau verstanden und wollte euch nicht beunruhigen.

»Das ist doch blöd«, sagte Melanie. »Wir hätten ihr doch bestimmt helfen können!«

»Und wie?«, fragte Lorin.

»Wenn ich's gewusst hätte, wären wir doch sofort wieder hergekommen«, antwortete Sonja. »Na toll! Jetzt habe ich ein schlechtes Gewissen, weil ich so rumgezickt habe!«

Es war richtig so. Und das klang so ruhig und bestimmt, dass Sonja nicht mehr widersprach.

»Na schön«, meinte Melanie nach einer Pause. »Und was machen wir jetzt? Warten wir, bis sie zurückkommt?«

»Das kann dauern«, murmelte Lorin.

Sonja überlegte. »Ich glaube, dazu haben wir keine Zeit. Sie kann doch bestimmt unseren Spuren folgen, oder?« Lorin nickte, und sie fuhr fort: »Na also. Dann sollten wir losreiten.«

»Das Amulett«, erinnerte Lorin sie.

»Ja, keine Sorge. Ich hab's nicht vergessen.« Sie zog das Amulett an seiner Kette unter dem Pullover heraus und über den Kopf. Sie legte es auf ihre flache Hand und streckte sie aus, und dann fiel ihr etwas ein. »Oh, warte! Ich muss mich ja drehen! Nachtfrost, ich steig gerade ab und –«

Lass nur. Er schüttelte den Kopf, und sie hörte das Lachen in seiner Stimme. Dann drehte er sich langsam auf der Stelle, eleganter als das beste Dressurpferd.
Er hatte die Drehung halb vollendet, als das Amulett plötzlich heiß wurde. Und für einen ganz kurzen Moment sah Sonja einen blonden Jungen auf einem braunen Pferd.
Sie schlug die Augen auf. »Ich hab ihn gesehen! Aber er ist nicht in einer Höhle, sondern irgendwo in der Steppe. Also ist er vielleicht doch wieder bei eurem Stamm!«
Aber Lorin schüttelte den Kopf und sah ziemlich verwirrt aus. »Du bist ganz sicher, dass du Darian gesehen hast?«
»Ja, natürlich! Ich kenne ihn doch!«
»Das glaube ich dir ja. Aber unser Land Duntalye liegt im Süden, und das ist in dieser Richtung.« Er zeigte in den Wald. »Und Chiarron liegt im Südwesten – da irgendwo.« Er zeigte auch in diese Richtung, und nun begriff Sonja, was ihn so irritierte. Sie und Nachtfrost standen in der Richtung, in die das Amulett gezeigt hatte, aber das war, wenn Lorin sich nicht vertan hatte – Norden. Weit weg von Duntalye und Chiarron.
»Das ist ja komisch«, meinte Melanie. »Was ist denn im Norden?«
»Dort liegt Eldia, das Land der Nepe.« Wieder runzelte Lorin die Stirn. »Ich verstehe das nicht. Ich dachte, er wollte nach Chiarron.«
»Dann suchen wir ihn eben im Norden«, sagte Melanie, praktisch wie immer. »Sind die Nepe nett?«
»Nett?« Lorin zögerte. »Nun ja. Wir haben viele Verwandte dort. Unsere Mutter war eine Nepe ...«
»Aber?«, bohrte Sonja nach, als er verstummte.
Er seufzte und zuckte die Achseln. »Sie haben auch Verwandte bei den Ava, und die kämpfen für Chiarron.«

Das war Sonja viel zu kompliziert. »Lasst uns erst mal losreiten. Hauptsache ist, wir finden Darian.«
Die Felswände des Talkessels blieben hinter ihnen zurück, als sie in den Wald ritten. Nachtfrost trottete auf einem kaum erkennbaren Wildpfad voran, Iruko und Beyash blieben dicht hinter ihm. Der Wald erinnerte Sonja an den Kristallwald, durch den sie bei ihrer ersten Reise nach Parva geritten war. Er war eine verwunschene Wildnis mit mächtigen alten Bäumen, wucherndem Gestrüpp und moosbewachsenen, pflanzenüberwucherten großen Felsbrocken. Immer wieder mussten sich Sonja, Lorin und Melanie tief auf die Hälse ihrer Reittiere ducken, um tiefhängenden Ästen auszuweichen, und immer wieder führte der Weg durch Schlammlöcher und Morast. Aber es gab einen großen Unterschied zum Kristallwald: dort war es Herbst gewesen, das Gefühl von Abschied in allem. Aber in diesem Wald herrschte der Frühling. Überall zwitscherten Vögel, Insekten summten durch die Luft, und jeder Zweig, jede Ranke trug Knospen oder schon geöffnete weiße und gelbe Blüten. Die Luft roch einfach herrlich, und Sonja atmete sie genießerisch ein, während sie es Nachtfrost überließ, den Weg zu finden. Vor lauter Angst und Kummer hatte sie fast vergessen, wie schön es in Parva war. Dieses Land war nicht von Menschen verändert, verformt und verwüstet worden; es hatte in aller Ruhe Jahrtausende lang so wachsen können, wie es ihm gefiel. Ein wenig erinnerte dieser Wald Sonja an ihren letzten Besuch bei Veleria – im Land der Geister oder der Träume, in einer goldenen Erinnerung an eine lange vergangene Zeit.
Irgendwann tauchte rechts von ihnen ein schwarzer Schatten auf, der lautlos und geschmeidig durch den Wald trabte. Das war Elri, aber sie kam nicht näher. Erst am Abend,

als der Wald schon in tiefem Schatten lag und Sonja, Melanie und Lorin um ein kleines Lagerfeuer saßen, war sie plötzlich da. Sie trug ein totes Kaninchen in der Schnauze und ließ es vor Lorin auf den Boden fallen, bevor sie sich wieder in ein Mädchen verwandelte. Müde, dreckig und zerzaust sah sie aus, und ihr Lederkleid, das sich praktischerweise mitverwandelt hatte, war am Saum und an den Ärmeln zerrissen. Sie hockte sich neben Lorin und sagte mit etwas heiserer Stimme: »Keine Söldner in der Nähe.«

»Gut«, sagte Sonja und fügte etwas ungeschickt hinzu: »Geht's dir besser?«

»Hm?« Elri blickte kurz zu ihr hin. »Ja, sicher.« Dann verzog sie das Gesicht zu einem schiefen Grinsen und sah nicht mehr ganz so fremd und abweisend aus. »Aber ich sage euch, diese magischen Reisen sind wirklich nichts für mich. Ich brauch Erde unter den Pfoten – ich meine, Füßen. Kein schwarzes Nichts. Und eure Welt – nein, tut mir leid. Ich konnte mich nicht mal verwandeln! Da war alles wie tot, es gab überhaupt keine Geister! Nächstes Mal bleibe ich lieber hier.«

»Wenn du vor dem Nebel wegrennen kannst, ist es ja auch gut«, meinte Sonja.

Lorin nahm das Kaninchen aus, und sie brieten die essbaren Teile über dem Feuer. Bis das Fleisch gar war, teilten sie sich das Brot und den Käse aus Bens Proviantbeutel. Ringsumher war es sehr dunkel und sehr still. In der Ferne schrie etwas, und Sonja und Melanie zuckten unwillkürlich zusammen. »Ein Hjaku«, sagte Lorin. »Eine Art Nachtvogel. Keine Angst.«

»Ich hab keine Angst.« Und das war die Wahrheit. Sonja hatte sich in Parva schon häufiger sehr gefürchtet, aber jetzt war sie mit ihren besten Freunden zusammen un-

terwegs, Elri konnte sich in eine schwarze Wölfin verwandeln, und Nachtfrost war ein Bote der Göttin – wovor sollte sie jetzt Angst haben?
In dieser Nacht schliefen sie friedlich und ungestört. Die Luft war angenehm warm, und mit dem Lagerfeuer und Elris dichtem Pelz mussten sie nicht frieren. Im Morgengrauen allerdings wachten sie bibbernd auf. Das Feuer war erloschen. In den Bäumen rauschte der Wind, der Himmel hatte sich grau überzogen, und die Luft roch nach Regen. Sie teilten sich die letzten Vorräte und machten sich wieder auf den Weg.
An diesem Tag war der Wald dunkel und unfreundlich. Nur wenig graues Licht sickerte durch das Laub nach unten, und das Rauschen des Windes klang bedrohlich. Einmal blieb Nachtfrost abrupt stehen, und noch bevor Sonja ihn fragen konnte, was los war, brach über ihnen ein schwerer Ast ab und krachte vor ihnen auf den Waldboden. Beyash und Iruko scheuten, und Melanie und Lorin hatten alle Mühe, sie wieder zu beruhigen.
Dann fing es an zu regnen. Es war ein dünner, unangenehmer Sprühregen, unterbrochen von einzelnen dicken Tropfen, die sich auf den Blättern sammelten und den Kindern wie mit voller Absicht auf die Köpfe klatschten. Lorin und Elri machte der Regen nichts aus, aber Sonja und Melanie wünschten sich schon sehr bald, sie hätten ihre Regenjacken mitgenommen. Irgendwie hatte keine von ihnen daran gedacht, dass sich das Wetter auch verschlechtern könnte.
Gegen Mittag wurde es vor ihnen heller, und plötzlich waren sie aus dem Wald heraus. Vor ihnen breitete sich eine schier endlose Graslandschaft aus; nicht sanft gewellt wie Duntalye, sondern flach wie ein Brett. Nur hier und da standen einzelne Bäume, schräg gewachsen im ständigen Nord-

wind, mit ausladenden Ästen und wenig Laub. Trotzdem konnten die Kinder nicht allzu weit sehen, da der Regen einen dichten Schleier über das Land zog. Immerhin erkannten sie in etwa fünfzig Meter Entfernung ein paar Steinblöcke, die in größeren Abständen zueinander standen und eine Reihe bildeten, die nach beiden Richtungen im Regenschleier verschwand. Als sie näher heranritten, sahen sie, dass zwischen den Blöcken große, unregelmäßige Steinplatten lagen. Viele von ihnen waren zersprungen und mit Gras überwuchert, aber die Straße war noch zu erkennen. Elri trabte zu den Platten hin und schnupperte am Boden herum.

»Ist das wieder die Handelsstraße?«, fragte Sonja. Auf ihren Wegen durch Parva hatte sie diese geborstenen Platten nun schon öfter gesehen.

Lorin nickte.

»Die muss ja uralt sein«, staunte Melanie.

»Ist sie auch«, sagte Lorin. »Sie stammt aus der Zeit, bevor es die Nebelmeere gab. Die Stämme benutzen sie nicht, wir nehmen sie nur als Landmarkierung.«

»Wo führt sie denn hin?«, fragte Melanie.

Lorin streichelte Iruko über das nasse Fell. »Sie zieht sich quer durch Parva. Von hier aus geht sie nach Norden – ich glaube, sogar bis nach Issenye.« Bevor sie fragen konnten, erklärte er: »Das ist das Land, aus dem der Spürer kommt.«

Sonja erschauerte unwillkürlich. Sie erinnerte sich an etwas, das der Spürer ihr vor langer Zeit erzählt hatte.

»Was ist mit den Menschen aus Issenye passiert?«, fragte sie. Lorin runzelte die Stirn. »Was soll mit ihnen passiert sein? Was meinst du?«

»Sind sie vor dem Nebel weggelaufen? Oder sind sie noch – noch da drin?«

Er wurde ganz blass. »Nebel? In Issenye?«
Sie nickte und fragte etwas ängstlich: »Wusstest du das nicht? Der Spürer hat es mir erzählt – damals bei den Erdgnomen. Der Nebel hat dort alles zerstört.«
»Das wusste ich nicht«, murmelte Lorin. »Ich dachte, der Nebel greift nur Parva an. Dann ist er gar nicht nur im Osten, sondern auch im Norden – vor uns!«
Erschrocken schauten sie auf die Ebene hinaus, und der Regen erschien ihnen plötzlich bedrohlich. Kam die diesige Luft wirklich nur vom schlechten Wetter? Oder war es schon der Nebel, in dem sich die schrecklichen Dämonen vorwärtsbewegten?
Es ist Regen, sagte Nachtfrost ruhig. *Zwischen Parva und Issenye liegen hohe Berge, die den Dämonen den Weg versperren. Noch ist Eldia sicher.*
»Können sie nicht über die Handelsstraße kommen?«, fragte Melanie ängstlich.
Nein. Der Pass ist versperrt.
»Und was ist mit den Menschen?«, beharrte Sonja. »Sie müssen doch irgendwo sein!«
Menschen, Tiere, Zauberwesen – sie sind geflohen, wenn sie konnten. Wer nicht fliehen konnte, wurde im Nebel gefangen.
Das klang schrecklich. Und Sonja erinnerte sich, dass der Spürer ihr für einen Moment richtig leidgetan hatte, als er sagte, dass seine Stadt zerstört worden war. Aber dann hatte sie sich wieder daran erinnert, dass er daran schuld war, dass Elri, Lorin und all die anderen nun bald auch keine Heimat mehr hatten.
Wenn man einer überlegenen Macht gegenübersteht, hat man nur zwei Möglichkeiten, hatte er gesagt. *Entweder man geht unter, oder man passt sich an.*
Waren das wirklich die einzigen Möglichkeiten?

»Bestimmt sind viele nach Nayiga geflohen«, meinte Lorin, und Sonja unterbrach ihre Grübelei, um ihm zuzuhören. »Das liegt weit im Westen. Früher kamen immer die Händler aus Nayiga ...«

Ein kurzes, scharfes Jaulen von Elri unterbrach ihn. Nachtfrost warf den Kopf hoch und wich rückwärts zwischen die Bäume zurück. *Da kommen Reiter! Versteckt euch!*

Hastig trieben Melanie und Lorin ihre Pferde in den Wald. Elri galoppierte zu ihnen und duckte sich knurrend ins Unterholz.

Wenig später galoppierte ein grimmig aussehender Trupp von mindestens zehn Männern an ihnen vorbei. Sie waren mit Speeren und Bögen bewaffnet, trugen Rüstungen aus dickem Leder und pelzbesetzte Stiefel, ihre dunklen Umhänge flatterten im Wind. Ihre Pferde waren klein, braun und struppig, schienen aber das Gewicht mühelos tragen zu können. Im Nu waren sie vorbei und galoppierten an der Straße entlang nach Westen.

Als sie verschwunden waren, sagte Melanie leise: »Waren das nicht eure Verwandten?«

»Nein«, sagte Lorin finster. »Das waren Ava-Krieger. Sie haben hier in Eldia überhaupt nichts verloren, ihr Land liegt im Norden.«

»Aber warum haben wir uns versteckt? Wir hätten sie doch fragen können, wo Darian ist!«

»Nein. Die Ava folgen dem Spürer.« Ohne ein weiteres Wort trieb er Iruko zum Galopp.

Die anderen folgten ihm.

Eigentlich war es ein wunderbarer Ritt – keine Straßen, keine Zäune, keine Wälder, die sie zwangen, langsam zu reiten, der Boden war trotz des Regens fest und gab den Pferden sicheren Halt. Leichtfüßig galoppierten sie dahin, Elri jagte wie ein schwarzer Schatten neben ihnen her, und es schien Sonja, als könnten sie ewig so weiterlaufen.

Bis Lorin plötzlich aufschrie. »Achtung!«

Aber sie hatten keine Zeit, zu reagieren. In einem Moment war die Steppe flach und leer und still, im nächsten tobte ein heulendes Chaos aus wirbelnden schwarzen Wolken um Sonja und ihre Freunde. Nachtfrost hielt aus dem Galopp heraus an, sodass Sonja beinahe über seinen Kopf nach vorne geflogen wäre. Sie hörte Beyash und Iruko schrill wiehern, konnte sie aber in der wirbelnden Dunkelheit nicht sehen. Es wurde eiskalt um sie herum. Elri heulte auf.

»Nachtfrost!«, schrie Sonja. »Was ist das?«

Er bäumte sich auf, und sie klammerte sich fest. *Windläufer! Zeig ihnen das Amulett! Befiehl ihnen, aufzuhören!*

»Befehlen? Aber ich kann doch nicht –«

Mach schon!

Sonjas Finger wurden schon kalt. Sie konnte das Amulett kaum spüren. Ungeschickt zog sie an der Halskette, und dann war es auch schon zu spät. Sie wurde von Nachtfrosts Rücken gerissen und wirbelte durch die Luft. Um sie herum kreischte und heulte es wie ein Chor wahnsinniger Hexen. Sie schrie selbst, konnte aber ihre eigene Stimme nicht hören. Sie wusste nicht, wo sie war, oben und unten wirbelten durcheinander, dann schlug sie hart auf dem Boden auf, und alles wurde schwarz.

Sturmfrau und Regenmann

Als sie die Augen wieder öffnete, lag sie am Rand eines Abgrunds.
Direkt neben ihrem rechten Arm ging es senkrecht bergab. Wie tief es war, konnte sie nicht erkennen. Was sie sah, waren einige steil aufragende, schneebedeckte Bergspitzen – deutlich tiefer als die Stelle, an der sie lag. Was sie vom Himmel sehen konnte, war grau. Ein eiskalter Wind fuhr über sie hinweg. Offenbar befand sie sich irgendwo ganz, ganz hoch oben, und bei der geringsten Bewegung würde sie über die Kante rutschen und bis in alle Ewigkeit fallen.
Sie machte die Augen wieder zu.
Sie hörte ein Rumpeln, ein felserschütterndes Grollen, und tatsächlich bebte der Boden unter ihr. Es klang nicht wie ein Erdrutsch, sondern eher wie ein unterirdisches Gewitter. Es rollte durch die Berge und kam als dutzendfaches Echo zurück.
Wo war Nachtfrost? Wo waren Melanie und die anderen? Waren sie nicht gerade eben noch über die Steppe galoppiert? Was war denn bloß passiert?
Ich bin nicht hier, dachte sie und kniff die Augen noch fester zu. Was immer es ist – ich sehe es nicht, und es sieht mich auch nicht. Ich stecke den Kopf in den Sand – hm – in den Felsen und bin nicht da.
Wieder das Donnern. In der Nähe polterten Felsen in die Tiefe. Sonja hörte, wie sie krachend immer wieder auf-

schlugen, bis auch das letzte Echo erstarb und nur noch der Wind über die Felsen wischte.
Dann erklang eine Stimme: grell, durchdringend und unangenehm. Erst nachdem sie die Worte dreimal wiederholt hatte, konnte Sonja sie verstehen.
»He, Auserwählte! Steh auf!«
Ich bin nicht da, dachte Sonja und blieb liegen. Sie meint mich nicht.
»He!«, rief die Stimme.
Sonja reagierte nicht. Das war alles nur ein Traum, und wenn sie sich nur richtig konzentrierte, würde sie gleich auf Nachtfrosts Rücken an einem wunderschönen Sandstrand entlanggaloppieren.
Also konzentrierte sie sich. Meer, Strand, warme Sonne, Nachtfrosts schwebender Galopp ... aber leider spielte der Traum nicht mit.
»Stellt sie hin!«, fauchte die Stimme.
Und bevor Sonja noch begriff, was das hieß, wurde sie gepackt und in die Höhe gezogen, aber nicht von Händen. Es fühlte sich an wie im Wellenbad, wenn sie von den großen Wogen mitgerissen wurde, aber die Woge war aus Luft. Sonja öffnete die Augen. Die Windläufer wirbelten um sie herum, grau und weiß und schwarz, gesichtslos, formlos, und zerrten sie mit sich wie ein welkes Blatt. Sie rissen sie von dem Abgrund weg, und sie erkannte, dass sie sich auf einem Felsplateau befand. Jenseits dieses Plateaus türmte sich eine gigantische Felsmasse auf. Die Windläufer ließen sie los und wirbelten nach oben davon, und Sonja stolperte vorwärts, fand ihr Gleichgewicht wieder und blieb stehen. Sie merkte, dass ihre Beine sie trugen, wenn auch nicht besonders zuverlässig; sie waren weich wie Gummi, und das Zittern half auch nicht gerade.

»So ist es besser!«
Sie blinzelte gegen den grauen Himmel und versuchte zu erkennen, wer da mit ihr redete, aber sie entdeckte die Sprecherin erst, als sie sich bewegte. Sie hockte auf einem Vorsprung in mindestens zwanzig Metern Höhe und sah wie ein riesiger Vogel aus, doch als sie sich aufrichtete, erkannte Sonja einen schwarz gefiederten Frauenkörper mit einem Vogelkopf und schwarzen Flügeln. Und sie war wirklich riesig, mindestens dreimal so groß wie ein Mensch.
»Ich glaube, sie versteht dich überhaupt nicht.«
Da war eine andere Stimme, die so sanft und verwaschen klang wie fallender Regen. Sonja schaute sich nach dem Sprecher um und entdeckte ihn dicht am Abgrund. Er sah wie ein Mensch aus, war aber ganz aus Wasser, ein Umriss aus unablässig fallenden Regentropfen, die sich dabei ständig erneuerten. »Verstehst du uns, Auserwählte?«
Also gut. Bestimmt war das alles nur ein Traum, aber es hatte keinen Sinn, sich tot zu stellen. Sonjas Herz klopfte bis zum Hals, als sie antwortete. »Ja.« Es klang sehr, sehr dünn. »Wo ... wo bin ich hier? Wer seid ihr?«
Die Vogelfrau lachte, und eine heftige Windböe riss Sonja fast um. Die Windläufer lösten sich von dem Felsen und stürzten sich in die Tiefe. Sie wirbelten an Sonja vorbei und verschwanden im Abgrund jenseits des Plateaus.
»Ich bin Jandea«, brauste es im Wind. »Ich bin die Herrin des Sturms. Ich jage den Blitz und den Donner über das Land. Ich bringe den Winter und den Tod!« Sie lachte wieder, und es klang einfach nur grässlich. Sonja zuckte zusammen. Ihr war jetzt himmelangst. Hilfe ... wo war Nachtfrost? Was sollte sie nur tun?
»Ich bin Hjavo«, rauschte es aus dem Wasser. »Ich bin der Regenmann. Ich bringe den Regen nach langer Dürre, ich

bringe Leben und Nahrung in die Steppe. Die Erdgnome haben mir von dir erzählt.« Die Stimme verklang im Rauschen des Wassers.

»G-guten Tag«, würgte Sonja heraus.

»Das ist kein guter Tag!«, fauchte die Sturmfrau, und Sonja zuckte zusammen. »Es gibt keine guten Tage mehr in Parva! Und das ist deine Schuld!«

Dieser Angriff kam so unerwartet, dass Sonja die Luft wegblieb. Sie vergaß sogar, sich zu fürchten. »Das ist nicht wahr!«, rief sie empört. »Ich hab alles gemacht, was ich machen sollte! Ich habe die Alten Völker geweckt und bringe das Amulett zu –«

»Ruhe!«, kreischte die Sturmfrau so laut, dass Sonjas Ohren klingelten. »Die Alten Völker geweckt, sagst du? Und was ist mit uns? Was ist mit Wasser und Sturm, Stein und Feuer? Hast du auf deiner Reise auch nur ein Mal an uns gedacht?«

Das war einfach zu ungerecht! »Wie denn? Ich wusste ja nicht einmal, dass es euch gibt! Ich meine, es tut mir ja leid, aber –«

Jandea stieß ein zorniges Kreischen aus. Über dem Berg zogen sich dunkle Wolken zusammen, und der Wind schlug in harten, eisigen Böen auf Sonja ein. Vergeblich schlang sie die Arme um sich, es war zu kalt. »Hör auf! Bitte! Ich wusste es doch nicht!«

»Es ist gefährlich, die Mächte des Landes zu beschwören«, ließ sich Hjavo vernehmen. »Aber noch gefährlicher ist es, sie zu missachten. Blind bist du durch das Land gelaufen, Auserwählte der Göttin. Hast du die Flussgeister nicht gesehen? Die Sturmwolken am Himmel? Die Trolle, die seit Jahrtausenden auf dich warten?«

Sonja schluckte hart. »Seit J-jahrt-t-tausenden? Aber –«

»Schweig!«, kreischte Jandea. »Du hast den Auftrag, die Alten Völker in den Kampf zu rufen! *Alle* Alten Völker, also auch uns! Warum also rufst du uns nicht? Warum tust du so, als gäbe es uns nicht?«
Lieber Himmel, dachte Sonja. Diese Sturmvogelfrau jagte ihr zwar eine gehörige Portion Angst ein und war bestimmt auch sehr gefährlich, aber trotzdem klang sie so zickig wie Melanie, wenn sie sich mal wieder darüber beschwerte, dass sie nicht die erste Geige spielte. Aber das konnte man ihr wahrscheinlich nicht ins Gesicht sagen.
»Es tut mir leid«, sagte sie deshalb diplomatisch. »Ich wusste es wirklich nicht. Kann ich euch denn dann jetzt rufen?«
»Nein«, fauchte Jandea von ihrem luftigen Sitz herunter. »Was soll das für einen Sinn haben? Du weißt doch gar nicht, was du tun musst, niemand hat es dir gesagt! Du kannst nicht mit dem Amulett umgehen, und der Taithar hat dich verlassen!«
»Das hat er nicht!«, schrie Sonja empört zu ihr hoch, denn jetzt erinnerte sie sich wieder an das, was passiert war. »Eure Windläufer haben mich von ihm weggerissen! Er würde mich nie verlassen!«
»Ah«, sagte Hjavo. »Wenigstens das weißt du. Das ist gut.« Er wirkte deutlich netter als Jandea. Sonja kratzte ihren Mut zusammen. »Könnt ihr uns denn helfen? Wir suchen Darian, und das Amulett hat uns den Weg in die Steppe gezeigt, nicht nach Chiarron. Wisst ihr, wo er ist?«
»Natürlich wissen wir das«, antwortete der Regenmann. »Du wirst Darian bei den Nepe finden.«
»Gut!«, sagte Sonja erleichtert. »Ich dachte schon, das Amulett hätte sich geirrt oder so –«
»Nicht gut!«, fiel Jandea ihr scharf ins Wort. »Er trägt die falschen Farben!«

Das kam so unerwartet und klang so seltsam, dass Sonja nur dumm zu Jandea hinaufstarren konnte. Die falschen Farben? Was um alles in der Welt hieß das? Diese Sturmgöttin konnte doch unmöglich meinen, dass ihr Darians Modegeschmack nicht gefiel?

»Was meinst du damit?«

»Was ich gesagt habe«, schnappte Jandea. »Du wirst es schon sehen! Aber Darian ist jetzt nicht wichtig. Ich werde dir etwas zeigen!« Übergangslos breitete sie die Flügel aus und stürzte auf Sonja herab. Bevor Sonja begriff, was die Sturmfrau vorhatte, hatten die riesigen schwarzen Krallen sie schon gepackt und in die Höhe gerissen. Mit gewaltigen Flügelschlägen stieg Jandea nach oben, der Spitze des dunklen Felsens entgegen. Der Sturmwind peitschte Sonja ins Gesicht. Unter sich sah sie die schroffen, rauen Berge und in weiter Ferne flaches Land. War das die Steppe? Wohin hatten diese Wesen sie verschleppt? Aber Jandea ließ ihr keine Zeit zum Nachdenken, und das war vielleicht auch gut so, denn Sonjas nächster Gedanke wäre gewesen, wie tief sie wohl fallen würde, wenn die Vogelfrau sie fallen ließ.

Statt sie fallen zu lassen, setzte Jandea sie auf der höchsten Kuppe des Felsens ab und landete neben ihr. Es war kaum genug Platz für sie beide. Unwillkürlich fasste Sonja nach dem Bein der Sturmfrau und hielt sich an einem Bündel Federn fest. Gleich darauf ließ sie erschrocken wieder los.

»Halt dich fest, wenn du dich dann sicherer fühlst.«

Das klang unerwartet freundlich. Sonja blickte nach oben. Aus fünf Metern Höhe schaute der schwarze Vogelkopf zu ihr hinunter. Aber gleich darauf änderte sich die Stimme wieder und wurde so scharf wie eine Windböe nach einer kurzen Stille. »Schau dorthin! Nach Norden!«

Sonja gehorchte. Und was sie sah, ließ sie vergessen, in welcher Gefahr sie sich selber befand.
Sie stand auf der Spitze des höchsten Berges in diesem Gebirge, das sich ziemlich gerade von Westen nach Osten zog. Im Norden lagen nur noch ein paar kleinere Berge, und dahinter … war alles tot. Grau wie Asche lag das Land vor ihr. Wo einst ein Wald gewesen war, standen nur noch verdorrte, blattlose Stümpfe. Ein seltsames Licht lag über dem Land, hervorgerufen von dem fahlen Nebel, der über den Boden kroch.
Sonjas Magen verkrampfte sich. »Ist das …«, flüsterte sie.
»Issenye«, bestätigte Jandea grimmig. »Oder das, was nach fünf Jahren unter dem Nebel davon übrig ist. Willst du auch die Städte sehen, die Ruinen und die leeren Straßen? Willst du sehen, was aus dem Volk von Issenye geworden ist? Und damit meine ich nicht nur die Menschen«, fügte sie in so spöttischem Tonfall hinzu, dass Sonja rot wurde. »Auch in Issenye gab es Alte Völker und Zauberwesen. Und auch in Issenye konnten nicht alle fortlaufen, weil sie an einen Ort gebunden waren. Willst du sehen, was aus ihnen wurde? Aus den Flussgeistern, den Wurzlern, den Erdgnomen und all den anderen, die nicht fliehen konnten?«
»Nein«, würgte Sonja hervor. »Nicht. Bitte!«
»Auserwählte der Göttin, was du siehst, ist die Zukunft. Es gibt jetzt nur noch ein einziges Wesen, das zwischen Parva und dieser Zukunft steht, und das bist du!«
»Aber was soll ich denn machen?«, schrie Sonja. »Ich hab doch alles getan, und ich bringe das Amulett zum –«
»Du hast es noch immer nicht verstanden!« Ein Windstoß riss sie fast von den Füßen. »Seelentauscherin, die Macht liegt in deinen Händen! Benutze sie, oder das Land ist verloren!«

»Aber ich weiß doch nicht, wie!«, schrie Sonja zurück.
Zornig blitzten die schwarzen Vogelaugen auf sie herab.
»Dann wirst du es lernen müssen.« Und sie riss die schwarzen Flügel auseinander und stürzte sich in die Tiefe. Ließ Sonja auf der höchsten Spitze des höchsten Berges allein.
»Nein!«, schrie Sonja. »Das kannst du nicht machen! Sag mir doch, was ich tun soll! Komm zurück! Jandea!«
Und mit diesem Schrei wachte sie auf.

Ein Traum von Licht

Die schwarzen Wolken jagten so schnell davon, wie sie gekommen waren. Melanie setzte sich auf und schaute sich benommen um. Schulter und Rücken taten ihr weh. Beyash hatte sie in seiner Panik abgeworfen, und sie konnte ihn nirgendwo sehen. Auch Iruko war fort, und Lorin saß ebenfalls im nassen Gras und hielt sich den Kopf. Elri schlich gerade zerzaust und mit eingeklemmten Schwanz heran und legte sich dicht neben ihn, und er streichelte sie. Nachtfrost stand ein Stück entfernt und senkte den Kopf mit dem weißen Horn zu Sonja hinunter, die sich nicht bewegte. Als das Horn sie berührte, ging ein weißes Licht über sie hinweg und verblasste wieder.

Ein eisiger Schrecken durchzuckte Melanie, schlimmer als die Angst vor den schwarzen Wolken. »Sonja!«, schrie sie, rappelte sich auf und humpelte zu ihm hinüber. Sonja hatte die Augen geschlossen und sah schrecklich blass aus. »Nachtfrost! Ist sie tot?«

Er hob den Kopf. *Nein. Sie wird zurückkommen.*

Melanie wusste nicht, was das hieß, aber wenigstens konnte sie wieder atmen. »Was ist passiert? Elri? Lorin? Seid ihr in Ordnung?«

Lorin nickte nur.

»Was waren das für Wolken? Wo kamen sie so plötzlich her?«

»Es sind Windläufer«, sagte Lorin. »Eins der Alten Völker.«

»Was? Wie können Wolken denn ein Altes Volk sein?«
»Sie sind Windgeister. Die Wurzler sind auch ein Altes Volk, obwohl sie anders sind als wir. Sie –«
»Jaja, schon gut. Aber was machen wir jetzt? Wir müssen Beyash und Iruko suchen! Vielleicht sind sie verletzt! Und wir können auch nicht alle auf Nachtfrost reiten – Nachtfrost, sag doch auch mal was!«
Das schwarze Einhorn schnaubte und schüttelte so heftig den Kopf, dass die silberne Mähne flog. *Geht weiter. Zu Darian. Ich suche sie.*
»Was? Aber – he! Warte doch!«
Nachtfrost wartete nicht. Aus dem Stand galoppierte er los und jagte über die Steppe davon, schneller als jedes Pferd. Im Nu war er in der diesigen Ferne verschwunden.
Melanie, Lorin und die schwarze Wölfin schauten einander an.
»Nee, oder?«, sagte Melanie. »Und was jetzt?«
Lorin schaute zu Sonja hin, die noch immer mit geschlossenen Augen im Gras lag. »Jetzt warten wir, bis sie aufwacht.« Er hinkte zu ihr, setzte sich neben sie und nahm vorsichtig ihre Hand. »Sonja?«
Sonja antwortete nicht.
Elri verwandelte sich und rieb sich mit einer Grimasse das Knie. »Autsch. Die haben mich ganz schön herumgeworfen! Was ist mit Sonja?«
»Sie atmet«, sagte Lorin. »Das ist aber auch alles. Sie ist nicht da … wie damals beim Überfall der Erdgnome, als Veleria sie ins Alte Land geholt hat. Aber Nachtfrost hat gesagt, sie kommt wieder. Wir müssen eben warten.« Vorsichtig hob er Sonjas Kopf ein wenig an und schob sein Bein darunter, damit sie nicht so hart lag.
Also warteten sie: hungrig und frierend und nass. Irgend-

wann hörte der Regen auf, aber sie merkten es kaum. Die Wolken hasteten über den Himmel, und der Wind war noch immer kalt. Und Melanie bereute nicht zum ersten Mal, dass sie überhaupt von zu Hause weggegangen war. Jetzt ein heißes Bad, und dann ins warme Bett mit einem Riesenbecher Kakao und Brötchen mit Käse ... hach, das wäre schön! Sie schloss die Augen und träumte.
Und fuhr vor Schreck senkrecht in die Höhe, als Sonja plötzlich einen Schrei ausstieß: »Komm zurück! Jandea!«
»Sonja!« Melanie war so erleichtert, dass sie fast zu heulen anfing. »Bist du verrückt, uns so zu erschrecken?«
»W-was?« Sonja blinzelte. Wo war Jandea? Wo waren die Berge? Warum lag sie auf dem Boden, mit dem Kopf auf Lorins Bein? Und Lorin schaute auf sie hinab und lächelte mit seinem vernarbten Gesicht und strich ihr das Haar aus der Stirn. »Alles in Ordnung, *Yeriye*?«
»Ich ... ich weiß nicht.« Er half ihr, sich aufzusetzen. »Was ist passiert? Wo ...« Sie schaute sich um. Da waren Elri und Melanie, die sie besorgt musterten. »Wo ist Nachtfrost? Und die Pferde?«
»Sie haben uns abgeworfen und sind weggelaufen«, antwortete Lorin. »Nachtfrost bringt sie zurück.« Er zögerte und fragte dann: »Dieser Name, den du eben gerufen hast ... Jandea. Erinnerst du dich, wer das ist?«
»Es ... war ein Traum, oder? Ich war auf einem Berg, weit weg von hier. Da war eine Frau mit Flügeln und einem Vogelkopf, ganz schwarz. Sie sagte, ihr Name wäre Jandea. Sie hat mir ...« Sie fuhr wie fröstelnd zusammen, als die Erinnerung zurückkam. »Sie hat mir Issenye gezeigt. Dort ist alles tot!«
»Alles tot?«, fragte Melanie erschrocken. »Wie meinst du das?«

»Es war alles wie verbrannt, und – und der Nebel –« Ein Kloß steckte in ihrem Hals, und sie konnte nicht weitersprechen.
Entsetzt schauten Lorin und Elri einander an. »Verbrannt?«, wiederholte Lorin. »Ich habe nie gehört, dass der Nebel das Land verbrennt. Das ist seltsam. Aber vielleicht erklärt es, warum der Spürer –«
»Aber es entschuldigt gar nichts!«, fiel Elri ihm hart ins Wort. »Dass sein Land zerstört wurde, gibt ihm nicht das Recht, auch unseres zu zerstören!«
»Das verstehe ich übrigens noch immer nicht so richtig«, sagte Melanie. »Warum ist der Spürer so wichtig? Warum reden alle immer nur von ihm? Warum nicht von den Nebelkönigen? Ich dachte, das sind die wirklichen Schurken im Hintergrund! Was hilft es uns, wenn wir den Spürer besiegen – *falls* wir ihn besiegen? Dann sind doch die Nebelkönige noch immer da!«
Das war eine ziemlich schlaue Frage, die Sonja sich – wenn auch eher vage – selber schon gestellt hatte. Elri und Lorin schauten einander an, und Elri sagte: »Ich habe keine Ahnung.«
»Ich schon ... glaube ich«, meinte Lorin zögernd. »Die Nebelkönige sind selber Dämonen. Eigentlich wäre Parva stark genug gewesen, um sie ins Nebelmeer zurückzutreiben oder sie erst gar nicht herauskommen zu lassen. Aber der Spürer ist ... beides, Mensch und Dämon. Ich weiß nicht, wie das möglich ist. Jedenfalls ist seine menschliche Hälfte sozusagen die Tür, die die Dämonen hereingelassen hat.«
»So etwas wie ein Anker?«, fragte Melanie. »Wie die Brückenwächterinnen für die Nebelbrücke?«
Sie stutzte selbst, als sie das fragte; dieser Gedanke war auch ihr neu.

Sie dachten alle darüber nach, und endlich sagte Lorin langsam: »Das kann sein.«
»Also müssen wir diese Tür sozusagen schließen«, überlegte Sonja. »Heißt das, wir müssen den Dämon aus ihm vertreiben? Wie soll das gehen?«
»Mit dem Amulett«, sagte Elri. »Irgendwie. Vielleicht musst du es ihm um die Ohren hauen oder um den Hals hängen oder –«
Sonja wurde plötzlich ganz steif. »Ihm vor die Brust hauen?«
»Ja, vielleicht auch das. Wieso? Warum machst du plötzlich so ein komisches Gesicht?«
Sonja antwortete nicht sofort. Sie befand sich plötzlich in einer anderen Zeit an einem anderen Ort – in einer feuererfüllten Nacht im Wald der Tesca. Sie erinnerte sich an das Feuer auf dem Dach der Schlafhütte, an die Schreie, das Heulen der Wölfe, das hässliche, kalkweiße Gesicht des Mannes, der sie zu sich aufs Pferd gerissen hatte, und ...
»Das habe ich schon einmal gemacht«, flüsterte sie, mehr zu sich selbst als zu den anderen.
»Was, ein komisches Gesicht?«
»Nein! Als der Spürer mich entführen wollte – bei den Tesca –, da habe ich ihm das Amulett gegen die Brust gedrückt, und er hat furchtbar geschrien und mich losgelassen und –«
»Da würde ich auch schreien!«, sagte Melanie. »Das Teil brennt wie Feuer!«
»Ja schon, aber da ist noch etwas – Elri, du hast ihn doch damals gesehen, als ich gerade – hm – angekommen war. Weißt du noch, wie er aussah?«
»Na sicher.« Elri verzog angewidert das Gesicht. »Er sah aus wie zehn Tage tot. Weiß wie Kalk, fast keine Haare und ir-

gendwie uralt ...« Sie stockte. »Wartet mal. Sonja, so sieht er aber jetzt nicht mehr aus!«
»Na schön, wie sieht er denn aus?«, fragte Melanie ungeduldig. »Wahrscheinlich wie zehn Jahre tot, oder?«
»Nein, eben nicht!«, sagte Sonja. »Warum ist mir das noch nie aufgefallen? Er sieht richtig gut aus! Er ist jung und blond und hat graue Augen – na ja, die Augen sehen *nicht* gut aus.« Im Gegenteil – wenn sie an diese Augen zurückdachte, hatte sie sofort wieder das Gefühl, in eine Schüssel glitschiger kalter Würmer zu greifen. »Aber er sieht jedenfalls ganz anders aus als früher!«
»Hm«, machte Melanie. »Und du meinst, das könnte davon kommen, dass du ihm das Amulett um die Ohren gehauen hast? Aber dann hätte es ihm ja geholfen, statt ihm zu schaden! Und es soll ihn doch besiegen!«
»Ich weiß nicht«, sagte Sonja. »Ich verstehe das nicht.«
»Vielleicht hat ihn aber auch der Dämon gestärkt und verjüngt«, meinte Elri.
»Das steht aber im Gegensatz zu allem, was wir über die Dämonen wissen«, erwiderte Lorin stirnrunzelnd. »Wir sollten Ganna fragen. Oder Veleria. Oder –«, er verzog das Gesicht zu einem schrägen Grinsen, »– Jandea. Wenn du sie wiedersiehst, Sonja.«
»Gibt es diese Jandea denn wirklich?«
»Ja, allerdings. Sie ist die Sturmgöttin. Einer der mächtigsten Geister von Parva. Hjavo, der Regenmann, ist ihr Gefährte. Manchmal kann man sie zusammen über der Steppe tanzen sehen.«
»Hjavo«, murmelte Sonja. »Da war ein Hjavo. Ein Mann aus fallendem Wasser.«
Elri und Lorin schauten Sonja an, und unter diesem Blick wurde ihr etwas unbehaglich zumute. »Was ist?«

»Ganna hatte recht«, sagte Elri. »Du gehst durch alle Legenden unseres Landes.« Sie grinste genauso schief wie vorher Lorin. »Bei den Trollen – am Ende bist du *wirklich* die Auserwählte.«

»Hahaha.« Sonja nieste und wischte sich die Nase mit dem Ärmel ab. »Können wir allmählich weitergehen? Oder warten wir auf Nachtfrost und die Pferde?«

»Nachtfrost hat gesagt, wir sollen weitergehen.« Elri stand anmutig auf und zog ihren unbeholfenen Bruder hoch. »Also gehen wir!«

»Ich würde lieber noch warten«, murmelte Melanie.

»Melanie, ganz ehrlich«, sagte Elri, »Darian ist mir wichtiger als die Pferde.« Sie wurde ein wenig rot, als sie das sagte, hielt aber Melanies Blick stand. »Er ist seit mindestens sechs Wochen verschwunden, und ich mache mir Sorgen.«

»Nachtfrost wird uns schon einholen«, meinte Lorin. »Kommt!«

Melanie zögerte und gab dann widerstrebend nach. »Also gut«, sagte sie niedergeschlagen. »Suchen wir Darian.«

Und sie machten sich wieder auf den Weg.

Zu Fuß machte es nicht halb so viel Spaß. Der Boden war steinig und uneben, und die Füße verfingen sich immer wieder im Gras oder patschten in eine Pfütze. Schließlich wanderten die vier auf der Handelsstraße weiter, aber dort mussten sie ständig von einer Steinplatte zur anderen springen, stolperten über Kanten oder rutschten auf dem nassen Stein aus. Und sie kamen nur quälend langsam voran. Endlos dehnte sich die Steppe nach allen Seiten, und wenn Sonja anhielt und sich umschaute, hatte sie das Gefühl, sich überhaupt nicht von der Stelle bewegt zu haben. Der Wald war schon lange außer Sicht, und irgendwie schienen sie immer denselben Baum zu sehen, der aus dem Zwielicht auftauchte und wieder verschwand. Lorin hinkte immer stärker. Als es dunkel wurde, hielten sie an und hockten nass, müde und hungrig im Gras. An Schlaf war nicht zu denken, und sie hatten kein Holz, um Feuer anzuzünden. Elri und Lorin schien es nicht viel auszumachen, aber Sonja und Melanie waren völlig durchgefroren und sehnten sich nach ihren warmen Betten zu Hause.

»Kann vielleicht mal jemand ein Feuer machen?«, fragte Melanie und klang dabei reichlich zickig. »Elri!«

»Ein Feuer? Aus nassem Gras? Wie stellst du dir das vor?«

»Dann Sonja! Mit dem Amulett!«

»Kann ich nicht«, sagte Sonja verdrossen.

»Dann eben Lorin. Zu irgendwas muss so ein Wolfsgott doch gut sein!«

Überrascht blickte Lorin auf. »Was meinst du damit?«

»Was ich meine? Ganz einfach. Was nützt es dir, dass du die ganze Zeit irgendeine göttliche Macht mit dir rumschleppst? Was kannst du überhaupt damit machen?«

»Ich weiß nicht.« Verwirrt runzelte Lorin die Stirn. »Ich habe noch nicht darüber nachgedacht.«

Jetzt hob auch Elri den Kopf von den verschränkten Armen und musterte ihren Bruder. »Spürst du sie überhaupt?«

»Nein.« Er überlegte. »Wahrscheinlich, weil sie immer da war. Ich meine, ich weiß nicht, ob das, was ich fühle, einfach nur Lorin ist oder ... der Wolfsgott. Ich weiß ja nicht, ob ich mich ohne ihn anders fühlen würde.«

»Schön, dann versuch doch mal, ein Feuer zu machen!«, sagte Melanie. »Vielleicht kannst du es ja! Mir ist kalt!«

»Ich glaube nicht, dass ich da irgendwas versuchen sollte. Es ist schließlich nicht meine göttliche Macht, sondern seine.«

»Das ist doch Quatsch«, sagte Melanie. »Er hat dich immerhin ausgewählt, oder? Wenn du diese Macht die ganze Zeit mit dir rumschleppst, ist es doch nur gerecht, wenn du sie auch benutzen kannst! Sonja darf das Amulett ja schließlich auch benutzen!«

Lorin schwieg eine Weile und schaute von ihr weg in die Dunkelheit. »Ich glaube nicht, dass es geht«, sagte er endlich. »Ich wüsste ja nicht einmal, wie ich es anfangen sollte. Niemand weiß, was es überhaupt bedeutet, dass Aruna einem Sterblichen ›göttliche Macht‹ gab.«

»Ich finde es aber reichlich unfair, hier zu sitzen und mich totzufrieren, während du irgendwelche geheimnisvollen Zauberkräfte mit dir rumschleppst!«

»Soll ich mich verwandeln?«, bot Elri an. »Es ist zwar kein Feuer, aber so ein Pelz wärmt auch ...«

»Ich will keinen Pelz. Aber ich will das einfach verstehen, ja? Ich meine – wenn mir jemand sagen würde, ich hätte irgendeine göttliche Macht – puh! Ich würde ja sofort alles ausprobieren, was ich damit machen kann!«

Elri schaute erst Melanie, dann Sonja, dann Lorin an. »Hm. Ganz unrecht hat sie nicht ... ich würde auch gerne wissen, was du mit dieser Macht anfangen kannst.«

»Gar nichts«, wehrte Lorin schroff ab.

»Und wenn du uns retten müsstest?«, fragte Melanie herausfordernd. »Was würdest du dann tun? Würdest du einfach sagen: Ich kann's nicht, weil ich es nie versucht habe?« Ein jäher Gedankensprung. »Vielleicht hättest du Beyash und Iruko aufhalten können!«

»Ich kann überhaupt niemanden aufhalten«, sagte Lorin leise und bitter. »Ich bin ein nutzloser Krüppel. Und ich bin nicht besonders stolz darauf, also fände ich es nett, wenn du jetzt mit diesem Gerede aufhören würdest.«

»Aber –«

»Hör auf, Melanie«, sagte Sonja leise und wütend.
Melanie klappte den Mund zu.
Eine Weile saßen sie in unbehaglichem Schweigen da. Sonja traute sich nicht, Lorin anzusehen. Ein nutzloser Krüppel … das war er nicht! Am liebsten hätte sie sich neben ihn gesetzt, aber vielleicht wollte er das ja gar nicht? So schaute sie nur über die weite Ebene hinweg und ärgerte sich mal wieder über Melanies Taktlosigkeit.
Die Wolkendecke wurde dünner und riss schließlich auf, und eine dünne Mondsichel leuchtete am dunklen Himmel. Elri stand auf. »Lasst uns weitergehen, vielleicht wird uns dann wärmer. Jetzt können wir ja wenigstens etwas sehen.«
Wortlos standen Sonja, Lorin und Melanie auf, und sie machten sich wieder auf den Weg. Melanie schämte sich ein wenig, weil sie Lorin wehgetan hatte, ohne es zu wollen, aber gleichzeitig ärgerte es sie, dass er so schnell aufgegeben hatte. Sie waren schließlich alle keine Helden, aber Sonja, Elri und Darian hatten sich schon ohne zu zögern in Gefahr gebracht, um ihre Freunde zu retten. Und Melanie selbst? Nun ja, sie hatte immerhin Nachtfrost das Leben gerettet, als der Nebeldämon ihn beinahe umgebracht hatte. Und Lorin wollte es nicht einmal *versuchen*?
Lange marschierten sie schweigend vorwärts. Immer wieder stolperten sie über Erdhügel und Steine, die sie vor Müdigkeit und in der Dunkelheit nicht gesehen hatten, und Sonja fror nur immer mehr, statt sich aufzuwärmen. Gerne wäre sie einfach nur stehen geblieben, um ins Gras zu kippen und einzuschlafen, aber ein hartnäckiger Stolz hielt sie davon ab. Wenn Lorin mit seinem lahmen Bein nicht schlappmachte, dann würde sie es auch nicht! Aber sie war so müde, dass sie fast im Gehen einschlief.

Plötzlich sagte Elri: »Seht mal! Ich glaube, das ist ein Feuer!«
Sie blieben stehen. Sonja blinzelte. Zuerst erkannte sie nichts, aber dann sah sie irgendwo vor sich in der Dunkelheit einen winzigen hellen Punkt.
»Es könnten Gefolgsleute des Spürers sein«, gab Lorin zu bedenken.
»Möglich.« Elri überlegte kurz. »Ich seh mir das mal aus der Nähe an. Keine Sorge, ich finde euch schon wieder!« Sie verwandelte sich und trabte auf das Feuer zu, fast unsichtbar in ihrer schwarzen Wolfsgestalt.
Sonja setzte sich ins Gras und machte die Augen zu. Ihr war jetzt alles egal. Sie war völlig durchnässt, fror so sehr, dass ihre Zähne klapperten, und wollte nur noch schlafen. So müde ... und da war etwas mit dem Spürer, sie musste darüber nachdenken ...
»Lorin! Sonja! Melanie!«
Sie zuckte zusammen und hob den Kopf. Hatte sie etwa wirklich geschlafen? Es war noch immer dunkel, Lorin stand neben ihr, Melanie saß im Gras und hatte den Kopf auf die Knie gelegt, und in einiger Entfernung stand Elri und winkte ihnen zu. »Es ist ein Händler! Wir dürfen uns bei ihm aufwärmen! Kommt schon! Er hat auch etwas zu essen!«

Der Händler hieß Gural Bandur. Er war klein, dick, hatte einen braunen Vollbart und trug einen dicken Wollumhang über einem Lederwams, einem Hemd aus dunklem Stoff und einer dunklen Tuchhose, die in abgetretenen Lederstiefeln steckte. Er besaß einen kleinen Holzkarren, auf dem einige vollgestopfte Säcke lagen. Das Sirinkim, das ihn normalerweise zog, hieß Namo und graste in der Nähe.

Gural Bandur war Sonja sofort sympathisch. Er hatte ein nettes Gesicht mit unzähligen Lachfältchen, eine dicke Knollennase und etwas, das sie in dieser Welt ganz und gar nicht erwartet hatte: eine halbe Brille.
»Das nennt man ein Einglas«, erklärte er nach der ersten Vorstellung, als die Kinder um das Feuer saßen und heißen Tee tranken. »So etwas hast du wohl noch nie gesehen?«
»Nein«, sagte Sonja – und das stimmte ja auch. Sie kannte nur Brillen mit zwei Gläsern. Aber sie wollte dem Händler nun wirklich nicht erzählen, dass sie und Melanie aus einer anderen Welt stammten.
»Ja, das glaube ich gern«, sagte Gural und strahlte sie an, sodass sich sein Vollbart sträubte. »So etwas gibt es nur in den fernen Ländern des Nordens. Dort beherrscht man die Kunst, Glas zu schleifen. Fünf Ballen bestes Tuch habe ich dafür gegeben, fünf Ballen! Aber es hat sich gelohnt. Erstens kann ich jetzt endlich wieder erkennen, was für Leute ich vor mir habe, und zweitens sehe ich ganz ungemein beeindruckend aus, wenn ich es trage.« Er klemmte sich das Einglas vor das rechte Auge und verzog sein Gesicht zu einer komischen Grimasse, damit es nicht gleich wieder herausfiel. Sonja und Melanie mussten sich sehr beherrschen, um nicht loszuprusten – »beeindruckend« war das nun wirklich nicht!
Aber gleich darauf schrie Melanie erschrocken auf, denn aus dem Nichts war plötzlich ein braunes Tier aufgetaucht und sprang auf ihren Schoß. Es sah wie ein Wiesel aus, war aber größer und hatte einen schwarz-weiß geringelten langen Schwanz.
Sie wollte das Tier wegschubsen und aufspringen, aber Gural Bandur stieß einen leisen Pfiff aus. Das Tier hob den Kopf, hüpfte mit ein paar komischen Sprüngen zu ihm hin

und kletterte an ihm hoch, um es sich auf seiner Schulter gemütlich zu machen. Aus funkelnden Augen schaute es die vier Kinder an und schnurrte dabei wie eine Katze.
»Suly«, sagte der Händler und streichelte das Tier, wobei ihm das Einglas aus dem Auge fiel. Mit einer eleganten, offenbar häufig geübten Bewegung fing er es auf und steckte es in die Tasche seines Lederwamses. »Wo hast du dich herumgetrieben? Du musst ihn entschuldigen«, sagte er zu Melanie, »er hat einfach kein Benehmen. Wenn ich mich nur daran erinnere, wie er beim Bankett der Fürstin Gendra in die Suppenterrine gesprungen ist ... aber das gehört jetzt nicht hierher. Suly, das sind Elri, Sonja, Melanie und Lorin. Elri, Sonja, Melanie und Lorin, das ist Suly.« Er verneigte sich. Suly ließ ein paar scharfe Zähne sehen, keckerte leise und sprang von seiner Schulter. Er huschte von einem Kind zum nächsten und hielt bei jedem gerade lange genug an, um sich streicheln zu lassen und an ihren Händen zu schnuppern. Dann klaute er Melanies kalten Pfannkuchen, den Gural ihr gegeben hatte, und flüchtete damit auf den Karren.
»Wie gesagt, kein Benehmen«, sagte Gural und grinste dabei so verschmitzt, dass sie einfach zurücklächeln musste. »Aber ein guter Kamerad, und das gleicht vieles aus.«
»Was ist er für ein Tier?«, fragte Elri. »Ich habe so etwas noch nie gesehen.«
Der Händler nickte. »Ja, in Parva gibt es sie auch nicht. Suly ist ein Kattrischer Marder. Das sind Tiere, die es nur in einem Land weit weg im Westen gibt. Ich rettete ihn vor einem Minenaufseher, der ihn die ganze Zeit in einem engen Käfig hielt. Ich kaufte ihn und ließ ihn sofort frei, und er flitzte in den Wald und verschwand. Ich dachte: gut, das war's, er ist frei und kann gehen, wohin er will. Zwei Stun-

den später machte es hinter mir *Wupp*, ich drehte mich um, und da saß er auf meinem Karren und fauchte mich an. Seitdem sind wir zusammen unterwegs.« Suly keckerte leise und rollte sich auf dem Wagen zum Schlafen zusammen. »Aber jetzt zu euch. Warum seid ihr in dieser Gegend allein unterwegs? Und dann noch zu Fuß? Es ist gefährlich, hier zu wandern.«

»Das wissen wir«, sagte Elri finster. »Die Windläufer haben unsere Pferde erschreckt, und sie sind weggelaufen.«

»Ah, die Windläufer.« Gural schüttelte betrübt den Kopf. »Ich habe sie gesehen. Gestern Vormittag tobten sie über die Steppe.«

»Hast du keine Angst vor ihnen?«, fragte Melanie. »Du bist doch auch hier unterwegs.«

»Ich? Ach, ich bin nur ein langweiliger alter Händler. Mit mir können sie nichts anfangen.«

»Warum bist du überhaupt hier?«, fragte Lorin. »Ich dachte, es kämen keine Händler mehr nach Parva. Du bist der erste, den wir seit zehn Jahren getroffen haben! Weißt du nicht, dass die Nebeldämonen unser Land angegriffen haben? Bis zum Sternrückengebirge haben sie schon alles überrannt.«

»Wirklich?« Der Händler runzelte die Stirn. »Wie ärgerlich. Ich hatte auf einen einträglichen Handel gehofft – ich habe Salz, Gewürze, ein paar nützliche Kleinigkeiten ...«

»Salz!« Sonja war plötzlich ganz wach. »Also gibt es hier doch Salz?«

»Natürlich«, sagte Gural. »Allerdings nicht in Parva, da hast du recht. Du stammst wohl nicht von hier? Ich dachte mir das schon, du und deine Freundin seht auch ganz anders aus. Viel blasser als die beiden anderen hier, und ihr tragt seltsame Kleider. Woher kommt ihr denn?«

»Wir –« Sonja biss sich auf die Lippen und spürte, wie sie rot wurde.
»Aus dem Süden«, sagte Lorin rasch. »Aus Fayagir. Das kennst du wahrscheinlich nicht.«
Der Händler lachte. »Doch, durch einen überraschenden Zufall kenne ich es. Aus welcher Gegend kommst ihr denn, Anghin oder Askedjin? Oder vielleicht aus Raskyd? Da war ich zwar noch nicht, aber es könnte ja sein ...«
»Wartet!«, begann Lorin. »Das ist –«
»Ja, genau«, sagte Melanie blitzschnell. »Da kommen wir her.«
»Was, aus Raskyd? Wirklich?«
»Äh, ja, genau.«
Einen Moment lang herrschte Schweigen. Gural Bandur sah nachdenklich aus, Elri verwirrt, Lorin verärgert. Sonja fühlte sich unter dem Blick des Händlers plötzlich sehr unbehaglich.
»Was ist los?«, fragte Melanie. »Was ist daran so komisch?«
»Das war eine ganz gemeine Falle«, sagte Lorin wütend. »Raskyd ist keins der fünf Königreiche von Fayagir. Es ist die Insel, auf der die Nebelkönige leben! Kein Mensch kann dort wohnen, und das weiß dieser Händler ganz genau!«
Elri, Sonja und Melanie starrten ihn entgeistert an. Dann drehten sie sich zu Gural Bandur um.
»Stimmt«, sagte der Händler und hob beide Hände, wie um sich zu ergeben. »Ihr müsst schon entschuldigen. Ich bin einfach zu neugierig, und ich habe ein Gespür dafür, wann ich angelogen werde. Nun guckt mich nicht so böse an, ich bin ja schon ruhig. Das heißt ...« Er griff wieder nach seinem Becher und schaute Lorin an. »Woher kennst du Raskyd? Der Name ist schon fast vergessen. Nur in den ältesten Handschriften steht er noch verzeichnet, und ich kann

mir nicht vorstellen, dass die Stämme an solche Handschriften herankommen oder sie lesen könnten.«

»Ich kenne es eben«, antwortete Lorin patzig. »Ich kenne eine Menge alte Geschichten. Ich –«

Und plötzlich verstummte er.

Und Sonja, Melanie und Elri schauten ihn an.

Und alle vier dachten dasselbe.

Ein wenig später baute Gural Bandur ein Zelt auf und erlaubte den Kindern, darin zu schlafen, während er selbst sich unter seinen Wagen legte. Suly rollte sich auf ihm zusammen. Die vier Kinder waren todmüde, aber schlafen konnten sie trotzdem nicht. In Decken gewickelt lagen sie da, tauten allmählich auf und unterhielten sich im Flüsterton, um den Händler nicht zu wecken.

»Und du bist ganz sicher, dass dir die Alten nichts von Raskyd erzählt haben?«, flüsterte Elri.

Lorin nickte. »Ganz sicher. Ich kann mir nicht vorstellen, woher ich es weiß – irgendwie wusste ich es immer.«

»Kann es nicht im Buch der Enat gestanden haben?«, wisperte Melanie. »Du und Sonja, ihr habt es doch gelesen! Da standen bestimmt jede Menge alte Geschichten drin!«

»Das schon, aber nichts über Raskyd. Keine alten Namen, gar nichts.«

»Ich wusste ja nicht mal, dass die Insel der Nebelkönige überhaupt einen Namen hat.« Elri kuschelte sich in ihre Decke und stellte die Frage, die sie alle beschäftigte. »Ist das die Macht des Wolfsgottes? Altes Wissen?«

Lorin schwieg lange. »Ich ... glaube schon. Es fühlt sich irgendwie richtig an.«

Melanie seufzte. »Hm. Feuer machen wäre mir aber lieber gewesen. Oder den Spürer besiegen.«

»Um ein Feuer zu machen, brauchst du nur die Geister des Feuers um ihre Hilfe zu bitten«, antwortete Lorin. »Und den Spürer zu besiegen, ist Sonjas Aufgabe. Aber das Alte Wissen … Melanie, ich habe in Bens Küche mehr Bücher gesehen, als wir in ganz Parva besitzen! Wir sind kein gelehrtes Volk, wir geben unsere Erzählungen mündlich weiter und schreiben nichts auf. Und durch den Krieg und den Nebel ist so viel verloren gegangen. Wenn wir das jetzt zurückbekommen könnten –«

»Wie geht das denn?«, fragte Sonja. Eigentlich hatte sie gar nicht fragen wollen, weil das Thema Wolfsgott und alles, was damit zu tun hatte, immer noch auf eine wunde Stelle in ihrem Inneren traf. Aber jetzt gerade war die Neugier doch stärker. »Wenn ich sage: Erzähl mir eine Geschichte von den Elarim, eine von vor tausend Jahren – kannst du das dann?«

»Ich weiß nicht. Vielleicht brauche ich Namen, so wie Raskyd. Ich bin ganz sicher, dass ich das Wort vorher noch nie gehört hatte, aber als Gural es sagte, hatte ich plötzlich alles im Kopf. Es gibt drei Städte dort, eine aus weißem Marmor …«

»Seid mal still«, flüsterte Elri plötzlich. »Hört ihr das?«

Sie lagen ganz still und lauschten.

»Ich höre nichts«, wisperte Sonja. »Was –«

»Doch, da ist etwas. Es kommt näher.« Elri schob die Decke zurück, stand auf und kroch aus dem Zelt. Die anderen folgten ihr.

Ein weißes Licht glitt im Osten über der Steppe, dort, wo jenseits des Horizonts das Sternrückengebirge lag. Es bewegte sich vorwärts, ruhig und stetig wie ein Fluss, und schon bald war es so nahe, dass sie erkennen konnten, was es war.

Es waren pferdeähnliche Wesen aus Licht, weiß und doch seltsam gedämpft, als bewegten sie sich hinter einem Schleier. Sie waren durchsichtig, aber trotzdem waren Einzelheiten zu erkennen: schimmernde Mähnen, anmutige Körper, geschwungene Hälse, glänzende Hörner und Augen. Ohne einen Laut galoppierten sie über die nächtliche Steppe, wie in einem Traum, und vielleicht war es auch ein Traum. Ihre Hufe machten kein Geräusch, als sie über die Straße galoppierten und sich entfernten und schließlich in der Dunkelheit verschwanden.
Melanies Hals war wie zugeschnürt. Noch nie in ihrem Leben hatte sie sich so einsam, fremd und verlassen gefühlt. Sonja hatte Nachtfrost, aber was hatte sie? Was machte sie überhaupt hier, in einer vollkommen fremden Welt, in der Zauber und Schrecken alltäglich waren und Einhörner aus Licht über die Steppe zogen? Warum ging etwas so Schönes so rasch vorüber, ohne dass sie es auch nur berühren konnte? Schon jetzt verblasste die Erinnerung; sie sah nur noch das Licht vor sich, und bald würde auch das verschwunden sein, und sie würde vergessen, wie sie ausgesehen und sich bewegt hatten. Und am Ende würde sie gar nichts mehr haben, nicht einmal mehr den Traum.
Aber Sonja hakte sie von links unter und Elri von rechts, und Lorin legte seinen Arm um Sonjas Schultern. Niemand sagte etwas. Lange standen sie so und schauten über die dunkle Steppe, und als sie schließlich wieder ins Zelt krochen, schliefen sie beinahe sofort ein.

Der Verrat

Melanie wachte davon auf, dass etwas ihre Nase kitzelte. Zuerst wischte sie es nur weg, aber es kam wieder, bis sich in ihr schlaftrunkenes Hirn ein Begriff einschlich: *Spinne!*
Mit einem Schlag war sie hellwach, riss die Augen auf und fuhr mit einem Aufschrei hoch – und schaute direkt in das grinsende Gesicht ihrer besten Freundin, die sie mit einem langen Grashalm gekitzelt hatte. »Aufstehen, Schlafmütze!«
»Mensch, Sonja!« Melanie kippte rücklings um und machte die Augen zu, bis sich ihr Herzschlag wieder beruhigt hatte. Irgendwann merkte sie, dass etwas nicht stimmte. War da nicht eigentlich ein Zelt gewesen? Warum war es so hell? Sie öffnete versuchsweise ein Auge und blinzelte. Über ihr wölbte sich ein unerträglich heller blauer Morgenhimmel. »Woisnes Zelt?«
»Schon abgebaut«, erklärte Sonja vergnügt. »Steh auf, sonst kriegst du keinen Tee mehr!«
Melanie machte das Auge wieder zu und zog die Decke über den Kopf. Sie wollte keinen Tee. Sie war müde, sie wollte schlafen, und das gedachte sie auch zu tun.
»Da kommen Reiter«, sagte Lorin sehr trocken.
Melanie schoss in die Höhe, warf die Decke von sich und rannte zu Gural Bandurs Karren, um sich dahinter zu verstecken – und merkte dann, dass alle anderen weiterhin gemütlich am Feuer saßen und sie auslachten. »Ihr seid total blöd! Mich so zu erschrecken!«

»Na sicher«, sagte Lorin grinsend. »Möchtest du einen schönen, heißen Tee?«
Es gab nicht nur Tee, sondern auch neue Pfannkuchen aus knusprigem Teig, die Gural Bandur auf einem flachen Stein buk und mit Honig bestrich, bevor er sie verteilte. Außerdem gab es seltsame dicke Pflanzenstängel, die Becan hießen, wie Rhabarber aussahen und auch beinahe so schmeckten, nur erfreulicherweise nicht so sauer. »Iss nicht zu viel davon«, sagte Gural Bandur, als Melanie die zweite Stange nehmen wollte. »Wenn man nicht daran gewöhnt ist, wirkt sich Becan verheerend auf die Verdauung aus.«
Melanie wurde rot und zog die Hand zurück. »Danke für die Warnung!« Das fehlte noch, dass sie Durchfall bekam! Elri und Lorin kannten solche Skrupel offenbar nicht und futterten beide noch zwei Stangen, bis sie endlich satt waren. Dann sammelten sie alle Decken und Matten ein, rollten sie zusammen und verstauten sie auf dem Wagen.
Es war ein wunderschöner Morgen. Die Sonne schien warm vom Himmel. Obwohl sie erst so spät eingeschlafen waren, fühlten die vier Freunde – bis auf Melanie – sich gar nicht so müde, und trotz der unerfreulichen Wanderung durch den kalten Regen hatten weder Sonja noch Melanie sich eine Erkältung geholt. Natürlich taten ihnen alle Knochen weh, aber sie wussten, dass der Muskelkater schon bald verschwinden würde.
»So«, sagte Gural Bandur, als alles verpackt und fertig zum Aufbruch war und nur Namo noch nicht angeschirrt war. »Wer möchte auf dem Wagen mitfahren?«
Nur Suly, der sowieso schon auf den Gewürzsäcken hockte, keckerte. Die anderen schüttelten einmütig die Köpfe.
»Wir brauchen Bewegung«, sagte Elri. »Dann wird uns auch bald richtig warm!«

»Von mir aus«, begann Gural, aber weiter kam er nicht, denn noch während er sprach, hatte Elri sich schon verwandelt. Dem Händler fiel vor Überraschung die Pfeife aus dem Mund. Suly stieß ein Kreischen aus und verschwand wie der Blitz unter den Säcken, und Namo riss den Kopf aus dem Gras und galoppierte davon.

»Also nee«, sagte Melanie mit der lässigsten Selbstverständlichkeit, die sie aufbringen konnte. Sie hob die Pfeife auf und gab sie dem Händler zurück. »Hast du etwa noch nie eine Gestaltwandlerin gesehen?«

»Nicht ohne Vorwarnung«, murrte Gural, klaubte den sich heftig sträubenden Suly unter den Säcken hervor und streichelte ihn beruhigend. »Kein Wunder, dass ihr keine Angst vor irgendwelchen Angreifern habt.« Er musterte die schwarze Wölfin, die im Gras hockte und durch ihr Hecheln so aussah, als ob sie ihn auslachte. »Ja, lach du nur! Und wer holt jetzt Namo zurück? Oder willst *du* meinen Karren ziehen?«

»Wir holen ihn.« Lorin hinkte hinter Namo her, und Elri rannte ihm voraus. Gemeinsam trieben sie das verängstigte Tier zurück zum Wagen. Gural fing es ein, aber es dauerte eine Weile, bis er es beruhigt hatte. Namo ließ sich erst wieder einspannen, als Elri sich ein ganzes Stück entfernt hatte.

Endlich brachen sie aber doch auf. Es war ein warmer Frühlingstag, die Sonne wärmte ihre Köpfe und Schultern, und die Steppe duftete herrlich nach Erde und Gras und Blumen. Der Boden war trotz des endlosen Regens schon fast wieder trocken.

Gural Bandur erzählte ihnen die Geschichte von Suly und dem Bankett der Fürstin Gendra, die ihm ein zweijähriges Landesverbot in einer abgelegenen Gegend namens Cityri eingebracht hatte, und die Geschichte eines Waldes mit einem unaussprechlichen Namen weit im Westen und viele andere Geschichten, die sie zum Lachen brachten oder staunend verstummen ließen. Sie hatten wohl geahnt, dass die Welt groß war und nicht nur aus Parva bestand, aber wenn das stimmte, was der Händler erzählte, war Parva nur ein kleiner Teil eines riesigen, unendlich fremdartigen und von Magie durchdrungenen Kontinents. Sie dachten an Issenye.

»Ist der Nebel denn überall?«, fragte Sonja beklommen.

»Nein«, sagte Gural Bandur. »Noch nicht. Aber er breitet sich aus.« Er war ernst geworden und schaute sie von seinem Karren herab an. »Aber wenn ihr tut, was ihr zu tun habt, wird Parva nicht untergehen.«

»Woher weißt du, was wir zu tun haben?«, fragte Melanie herausfordernd.

Der Händler lächelte. »Wenn ihr nicht wollt, dass man euch hört, müsst ihr nachts in einem Zelt noch etwas leiser reden. Keine Angst«, fuhr er fort, als sie sich erschrocken ansahen, »bei mir seid ihr sicher. Nur frage ich mich, was ihr ausgerechnet bei den Nepe wollt.«

»Wir suchen«, begann Sonja, und Lorin fiel ihr ins Wort: »Verwandte. Elri und ich haben Verwandte dort.«

»Mhm«, machte Gural Bandur. »Dann wünsche ich euch viel Glück.«

Sonja beobachtete ihn genau. Etwas an ihm kam ihr seltsam vor … seltsam vertraut. Sie kannte noch jemanden, der mehr wusste, als er sagte, und genau dasselbe Gefühl hatte sie bei diesem unbekümmerten kleinen Händler. »Bist du ein Beobachter?«, fragte sie abrupt.

Gural Bandur zog die Zügel an, und Namo blieb stehen. Mit gerunzelter Stirn drehte sich der Händler zu Sonja um. »Was weißt du über die Beobachter?«

»Gar nichts. Nur, dass sie den Nebel beobachten. Das tust du doch auch, oder?«
»Es ist schwierig, den Nebel irgendwo in diesem Teil der Welt *nicht* zu beobachten«, sagte Gural Bandur. »Aber wenn du diejenigen Beobachter meinst, die sich an die Zeit erinnern, bevor es den Nebel gab – nein, ich bin keiner von ihnen. Ich schicke ihnen nur manchmal eine Botschaft oder transportiere Kleinigkeiten für sie.«
»Sind sie so alt?«, fragte Lorin mit aufgerissenen Augen.
»Manche, ja. Aber ich wusste nicht, dass sich einer von ihnen in Parva aufhält. Wo ist er? Oder sie?«
»Er«, sagte Sonja. »Aber er ist nicht in Parva, sondern ... anderswo. Weit weg.«
»Hm. Schade. Wie heißt er denn?«
»Benarvin. Ich weiß nicht, ob er noch einen anderen Namen hat.«
»Benarvin, so?« Gural Bandur musterte sie mit einem undurchschaubaren Gesichtsausdruck.
»Kennst du ihn?«
»Kennen? Nein, das würde ich nicht sagen. Ich habe von ihm gehört.« Er grinste kurz wie über einen geheimen Witz. »Falls ihr ihn je wiederseht, würdet ihr ihm eine Botschaft übermitteln? Sagt ihm, die Ältesten bitten dringend um seinen Rat.«
»Klar, das können wir ihm sagen«, meinte Melanie unbefangen.
»Benarvin.« Gural Bandur schüttelte kaum merklich den Kopf. »Was es nicht alles gibt!«
»Was ist so komisch an ihm?«, fragte Sonja kampfbereit.
»Komisch? Gar nichts. Oh nein, ganz und gar nicht. Aber wenn er euch nichts über sich erzählt hat, darf ich es auch nicht. Hüh, Namo!« Er schnalzte, Namo zog wieder an, und

der Karren rumpelte weiter. Verwirrt wanderten die Kinder neben ihm her. Natürlich waren sie jetzt so neugierig, dass sie fast platzten, aber auf ihre gelegentlichen Fragen gab Gural entweder gar keine oder nur ausweichende Antworten, bis sie ihn endlich in Ruhe ließen. Nach einiger Zeit gab Lorin zu, dass sein Bein wehtat, und kletterte auf den Wagen. Als die Sonne allmählich wieder dem Horizont entgegensank, erkannten sie in einiger Entfernung vor sich eine Unregelmäßigkeit im Boden. Je näher sie kamen, umso deutlicher sahen sie, dass sich dort ein breiter Spalt im Boden befand – nein, kein Spalt. Eine Schlucht.

Sonjas Herz schlug plötzlich bis zum Hals, und obwohl sie keinen Nebel sah, ging sie langsamer, bis sie – noch aus sicherer Entfernung – in die Tiefe schauen konnte. Die Schlucht war kein auseinandergerissenes Land, sondern ein breites Flussbett, das sich im Lauf der Zeit immer tiefer gegraben hatte. Tief unten wand sich das glitzernde Wasserband durch ein lang gestrecktes Tal. An einer Biegung standen mindestens fünfzig dunkle, halbrunde Kuppeln, die Sonja erst nach einigen Augenblicken als Zelte erkannte. Aus der Tiefe pfiff ein kalter Wind ihr entgegen, und sie trat rasch ein paar Schritte zurück.

»Das Lager der Nepe«, sagte Lorin neben ihr. »Wir sind da.«

»Müssen wir da etwa runter?«, fragte sie entgeistert.

Lorin lachte. »Keine Angst, wir müssen weder springen noch klettern. Es gibt einen Weg.«

Sie wanderten ein Stück an der Schlucht entlang. Der Karren rumpelte hinter ihnen her, und Gural Bandur pfiff ein ziemlich unharmonisches Liedchen. Dann erreichten sie den Weg, und Melanie staunte. »Das ist ja eine richtige Straße!«

Wie aus dem Fels gesprengt, führte ein Pfad nach unten. Er

war breit genug für zwei Karren. Der Boden war glatter Stein, aber nicht so glatt, dass man darauf ausrutschen konnte. Und falls man doch ausrutschte, gab es eine Art Steinwall an der Seite, damit man nicht in die Schlucht stürzte. Das Seltsamste aber war, dass dieser Pfad wie natürlich gewachsen aussah. Melanie sah weder Fugen noch sonst irgendwelche Hinweise, dass hier Menschen am Werk gewesen waren. »Was ist das für ein Weg? Wer hat ihn gemacht?«

»Die Trolle«, antwortete Lorin. »In alten Zeiten haben sie den Völkern von Parva oft geholfen. Sie haben Höhlen geformt oder Wege durch Schluchten angelegt ...« Er sah selbst erstaunt aus, als er das sagte. »Und bis gerade eben habe ich das nicht gewusst. Wir sind schon öfter hier gewesen, aber wir haben uns immer gefragt ...« Er verstummte, und Melanie wusste, dass er jetzt wieder über den Wolfsgott nachdachte.

»Warum sagt er dir das erst jetzt?«, fragte sie. »Warum nicht früher?«

»Ich weiß nicht. Vielleicht hätte ich früher nicht damit umgehen können, so viel ... so viel zu wissen.«

Obwohl der Weg breit und sicher aussah, stieg Gural vom Karren und führte Namo am Zügel. Elri verwandelte sich zurück, um Namo und Suly nicht wieder Angst einzujagen. Sie wanderte neben Lorin her, ließ ihren Blick durch die Schlucht schweifen und sagte plötzlich: »Seht mal.«

Sonja schaute. Zuerst erkannte sie nichts, nur ein paar schwebende dunkle Punkte in einiger Entfernung. Vögel, dachte sie, na und? Aber dann klärte sich ihr Blick, als ein Schatten über einen Felsen glitt, der viel weiter weg war, als sie geglaubt hatte. Ein kalter Schatten legte sich über ihr Herz. Das waren keine Vögel. Es waren Wesen wie das,

das Haelfas, den Schattenjäger, angegriffen und getötet hatte.

»Drachenvögel«, sagte Gural Bandur, der nichts von Haelfas wusste. »Denen solltet ihr nicht zu nahe kommen.«

Die Kinder antworteten nicht.

Es dauerte eine Weile, bis sie unten im Tal ankamen. Je näher sie dem Lager der Nepe kamen, desto mehr Einzelheiten erkannten sie. Das Lager war genau wie das Winterlager der Elarim von einer hohen Holzpalisade umgeben. Auf einem großen Platz zwischen den Zelten stand eine Gruppe von Menschen. Im Hintergrund befand sich eine mit Seilen abgetrennte Koppel mit Pferden. Sie sahen ein paar Fahnen, die aber so stark im Wind wehten, dass ihre Muster nicht zu erkennen waren.

Und noch etwas bemerkten sie: abgesehen vom ewigen Wind, der durch die Schlucht pfiff und heulte, war es still. Viel zu still.

»Da stimmt etwas nicht«, murmelte Gural Bandur. »Kinder, ihr solltet lieber nicht da hinunter –«

»Wir müssen aber ins Lager!«, sagte Elri hitzig.

»Es sind unsere Verwandten«, murmelte Lorin.

Der Händler seufzte tief. »Wie ihr meint. Aber auf einmal habe ich ein ganz unerfreuliches Gefühl.« Sie hatten die Talsohle erreicht. Vorsichtig führte er Namo vom Weg hinunter, kletterte auf den Karren und nahm die Zügel auf. »Dann mal los.«

Von hier aus waren es nur noch hundert Meter bis zum Lager. Vor dem Tor standen einige Wachen, die den Neuankömmlingen entgegenstarrten. Und als der Karren langsam näherrumpelte, wurde den Kindern klar, was nicht stimmte. Eine Fahne schlug im Wind und entrollte sich für

einen Moment, und das Tier darauf bleckte höhnisch die Zähne.
Es war ein Lindwurm.
Jäh blieben sie stehen, wie gelähmt vor Schreck. Dann schrie Elri: »Weg hier!« Sie warf sich herum, aber Sonja packte sie blitzschnell am Arm, denn sie hatte etwas gesehen: auf der Palisade standen mindestens zehn Männer mit gespannten Bögen, die genau auf sie zielten. Und wenn Sonja eins gelernt hatte, dann das: Die Gefolgsleute des Spürers zögerten nicht, auf Kinder zu schießen.
»Was machen wir jetzt?«, fragte Melanie verzweifelt.
Sonja hielt das Amulett an ihrem Hals fest umklammert. *Wo ist Darian?*, fragte sie stumm, ohne darüber nachzudenken, ob es ihr ein Zeichen geben konnte oder nicht.
Und das Amulett kribbelte unter ihren Fingern und wurde an einer Stelle warm.
Sie steckte es unter ihren Pullover und schaute auf das offene Tor. »Darian ist da drin«, sagte sie mit etwas zu dünner Stimme und räusperte sich. »Wir – gehen rein.«
»Du bist verrückt!«, zischte Melanie.
»Kann sein. Ich geh trotzdem rein.«
»Wir auch«, sagten Lorin und Elri gleichzeitig.
»Dann – lass wenigstens das Amulett hier! Versteck es irgendwo!«
Aber Sonja schüttelte entschieden den Kopf. Sie hatte das Amulett wirklich oft genug weggeworfen, um eins zu wissen: Wenn sie es jetzt verlor, war alles vorbei.
»Ihr seid alle verrückt«, sagte Melanie aus tiefster Überzeugung. Dann trieb Gural Bandur Namo an, und sie kam natürlich mit.
Es war mit Sicherheit das Verrückteste – und Mutigste –, was sie je getan hatten, und alle vier fürchteten sich maß-

los. Ob der Spürer da war? Was würde er mit ihnen machen? Er hatte sie schon einmal gefangen, und nur durch allergrößtes Glück (und Mut *und* Verrücktheit) waren sie damals mit dem Leben davongekommen.
Die Männer am Tor starrten ihnen wortlos entgegen. Durch die Toröffnung konnte Sonja mindestens fünfzig weitere Menschen sehen, die in ihre Richtung schauten. Manche von ihnen trugen Lederrüstungen mit dem Lindwurm auf der Brust, manche einfache Lederkleidung. Viele waren Nomaden wie Elri und Lorin, aber es waren auch hochgewachsene Blonde dazwischen und einige, die ganz fremd aussahen: dunkelhäutig, mit mittelbraunen Haaren und flachen, asiatisch wirkenden Gesichtern. Ihre Augen waren allerdings nicht asiatisch, sondern schwarze Tieraugen. Sie trugen weite Gewänder aus Fell- und Lederresten und bunten Federn.
In der Mitte der Menschenmenge stand ein blonder Junge zwischen einigen sehr kräftigen Männern.
Und er trug ebenfalls das Wappen des Lindwurms.
Sonja, Melanie, Elri und Lorin blieben wie angewurzelt stehen.
Die falschen Farben, dachte Sonja. Ihr war plötzlich übel. Das also hatte Jandea gemeint. Die falschen Farben ... das falsche Wappen. Aber wie war das möglich? Was war mit Darian passiert?
»Nee, oder?«, sagte Melanie mit rauer Stimme.
»Das kann nicht sein«, flüsterte Lorin entsetzt. Er war ganz blass geworden.
Elri sagte gar nichts. Stattdessen stieß sie einen Wutschrei aus, und im nächsten Augenblick raste sie als schwarze Wölfin mit gefletschten Zähnen und schauerlichem Knurren auf Darian los. Aber sie kam nicht weit. Mit einem

Sprung, den niemand ihm zugetraut hätte, warf sich Gural Bandur über sie und rang sie zu Boden. Sie wehrte sich wie rasend, aber er packte ihren Kopf und hielt sie fest. Er zischte ein paar scharfe Worte, die weder Sonja noch Melanie verstehen konnten, und Elri hörte ganz plötzlich auf zu kämpfen und lag still. Aber nicht so, als ob sie sich beruhigt hätte – sie lag völlig reglos auf den Boden gedrückt und konnte sich nicht rühren.

»Elri!« Lorin hinkte zu ihr, so schnell er konnte. »Gural, was hast du mit ihr gemacht? Lass sie sofort los!«

»Dann bringt sie sich um«, antwortete der kleine Händler sehr ernst. Er stand auf und schaute auf die schwarze Wölfin hinab, die noch immer die Zähne fletschte. »Überzeuge sie davon, den Prinzen nicht anzugreifen, dann kann ich den Zauber lösen.«

»Da ist doch bestimmt alles ein Irrtum«, sagte Sonja verzweifelt und drehte sich zu Darian um. »Darian! Was ist passiert? Haben sie dich gefangen genommen? Was –« Ihre Worte gingen im harten Gelächter einiger Männer unter.

Darian schaute Sonja an. Sein Gesicht war blass und wie versteinert, als er tonlos sagte: »Ich gehorche dem Spürer.«

Sonja schaute sich im Kreis um. Nicht alle Männer hatten gelacht. Einige sahen äußerst finster und schlecht gelaunt aus, ebenso wie die Nepe, die sich im Hintergrund hielten. Das war doch alles sehr seltsam. Wenn Darian gefangen war, musste hier doch jemand sein, der etwas zu sagen hatte? Aber alle schienen nur darauf zu warten, dass Darian entschied, was jetzt zu tun war. Das konnte eigentlich nur bedeuten, dass er tatsächlich freiwillig dem Spürer gehorchte, aber das konnte Sonja sich einfach nicht vorstellen. Vielleicht war dieser Junge gar nicht Darian, sondern ein Wechselbalg? Schließlich hatte Asarié Sonja und Melanie auch schon einmal durch verzauberte Alraunenwesen ersetzt. Vielleicht konnte sie –

»Darian«, sagte einer der Männer, die gelacht hatten, »du weißt, was das für Kinder sind, oder? Die da ist die Trägerin des Wolfskopfamuletts!« Und er zeigte direkt auf Sonja.

Ein Raunen ging durch die Menge, und alle starrten sie an.

Hilfe, dachte Sonja. Was mach ich jetzt?

»Ich weiß«, erwiderte Darian scharf. »Warum seid ihr hergekommen, Sonja? Was wollt ihr hier?« Das klang überhaupt nicht freundlich, und Melanie erinnerte sich an ihr erstes Treffen mit Darian in ihrer eigenen Welt. An diesen zornigen, barschen Tonfall erinnerte sie sich gut.

Lorin, der immer noch neben Elri kniete, blickte auf. »Wir haben dich gesucht. Wir dachten, du bräuchtest vielleicht Hilfe.« Er schaute zu den umstehenden Männern mit den harten Gesichtern hoch. »Das war wohl ein Irrtum.«

»Und wer ist das?« Darian musterte Gural Bandur, der neben seinem Karren stand, den böse zischenden Suly auf dem Arm hielt und ihm beruhigend über das gesträubte Fell strich.

»Gural Bandur, fahrender Gewürzhändler«, erwiderte Gural ruhig. »Ich reise in jedem Frühjahr durch die Steppe. Die Nepe kennen mich.«

Einige der Nepe nickten.

»Dann schließ deinen Handel ab und verlasse das Lager«, befahl Darian. »Ich habe hier zu tun und habe schon zu viel Zeit verschwendet.«

Gural schaute zu Sonja, Melanie, Lorin und Elri hin. »Tja, Kinder. Ich fürchte, ich kann euch nicht helfen. Es tut mir leid.«

»Schon gut«, murmelte Sonja. Eigentlich hatte sie gehofft, dass dem Händler irgendetwas Geniales einfallen würde, das sie alle rettete. Immerhin half er doch hin und wieder den Beobachtern und kannte Ben! Aber offenbar hatte sie sich da falsche Hoffnungen gemacht. »Bitte mach Elri los!«

»Gut, auf eure Verantwortung.« Er bewegte die Hand, und Elri sprang hoch wie ein platt gedrückter Gummiball, der plötzlich losgelassen wird. Sie landete auf ihren Pfoten und knurrte furchterregend, blieb aber an Lorins Seite.

»Alles Gute, Kinder«, sagte Gural Bandur und führte Namo und den Karren zu den Nepe, die ihn umringten und so leise zu reden begannen, als hätten sie Angst, von Darian und den bewaffneten Männern gehört zu werden. Nur eine alte und eine junge Frau, ein alter und ein junger Mann blieben in der Nähe. Das mussten die Jeravi sein, die Anführer des Stammes.

»Gehen wir!«, sagte Darian.

Die Jeravi und eine große Gruppe der Lindwurmkämpfer schlossen sich ihm an. Die anderen blieben, wo sie waren. Es sah aus, als ob die Nepe Gefangene in ihrem eigenen Lager waren.

Ein Mann schubste Melanie an. »Los! Ihr kommt auch mit!«

»Wohin denn?«

»Zusehen.«

Weitere Fragen beantwortete er nicht, sondern trieb die vier hinter der großen Gruppe her.

Sie verließen das Lager durch ein zweites Tor und folgten einem sandigen Weg den Fluss entlang. Die Sonne stand jetzt schon ein gutes Stück tiefer, und der westliche Teil der Schlucht, auf den sie zugingen, lag schon in tiefem Schatten. Einige der Männer unterhielten sich in gedämpftem Ton, aber Sonja konnte nicht verstehen, was sie sagten. Sie hörte auch nicht wirklich genau zu. Stattdessen dachte sie an Nachtfrost. Wo war er nur? Er musste Beyash und Iruko doch längst gefunden haben! Warum kam er nicht, um sie zu retten?

Sie schaute zum Rand der Schlucht hoch und kniff die Augen gegen die Sonne zu. War da nicht eine Bewegung? Etwas wie das Flirren einer silbernen Mähne oder das Aufblitzen eines silberweißen Horns?

Nein, da war nichts. Sie waren gefangen. Aber trotzdem konnte Sonja sich nicht vorstellen, dass dies nun das jämmerliche Ende des Abenteuers sein sollte. Es passte einfach zu viel nicht zueinander. Und sie hatte den richtigen Weg gewählt, oder etwa nicht? Nachtfrost hatte gesagt ...

»Halt.«

Das war allerdings nicht Nachtfrost, sondern der Lindwurmkämpfer hinter ihnen. Sie blieben stehen. Offenbar hatten sie ihr Ziel erreicht. Darian sprach kurz mit den Jeravi, und dann ging er ohne Zögern auf die Felswand zu und begann, hinaufzuklettern. Verblüfft schaute Sonja ihm zu. Was sollte das denn? Aber dann schaute sie an der Felswand hinauf und entdeckte in mindestens dreißig Meter Höhe ein Loch.

Ihr Hals war plötzlich wie zugeschnürt. Wollte Darian da wirklich hochklettern? War er verrückt! Wenn er nun abstürzte!

Klar, wenn er gar nicht Darian war, sondern eine Alraune, dann konnte ihr das egal sein. Aber irgendwie war es ihr nicht egal. Ihr Herz klopfte bis zum Hals, und sie stupste Melanie an.

»Gib mir mal deinen Spiegel«, flüsterte sie.

Melanie runzelte die Stirn. »Wozu?«

»Ich will was ausprobieren.«

Melanie zuckte die Achseln und zog ihren kleinen Handspiegel aus der Tasche. Sonja nahm ihn, hielt ihn vor sich und drehte sich so, dass sie Darian sehen konnte, der schon ein gutes Stück geschafft hatte, jetzt aber gerade nicht weiterkam und mit der Hand nach einem Vorsprung suchte. Jetzt begriff Melanie, was sie wollte. »Gute Idee«, flüsterte sie in neidloser Anerkennung. »Und? Ist er eine Alraune?«

Sonja ließ den Spiegel sinken. »Nein. Er ist es wirklich.« Elri winselte, klemmte den Schwanz ein und ließ kein Auge von dem Jungen, der nun wieder weiterkletterte, wenn auch sehr langsam und vorsichtig. »Aber ich verstehe das nicht. Was will er denn da oben?«

»Er will den Geisterspeer holen«, sagte der Lindwurmkämpfer hinter ihnen, der ebenfalls gebannt zusah, wie Darian höher und höher kletterte. Eigentlich sah er gar nicht so schrecklich aus, wenn man von seinem hässlichen Wappen absah. Er war sicher nicht älter als Philipp und hatte ein offenes, freundliches Gesicht, und er sah sehr besorgt aus, während er Darian zuschaute.

»Was ist denn ein Geisterspeer?«, fragte Melanie verdutzt.

»Eine Waffe, die den Dämonen gefährlich werden kann.« Das sagte er ganz flach, wie unbeteiligt, aber seine Augen blitzten kurz auf. »Der Speer ist aus einem Birjakhorn geschnitzt und über tausend Jahre alt. Ein Zauber liegt darauf, der ...« Er unterbrach sich. Darian war abgerutscht. Er fing sich sofort, aber ein Schrecken hatte die ganze Gruppe gepackt. Der junge Kämpfer biss sich auf die Lippen und murmelte etwas, das wie »Götterverdammter Wahnsinn« klang. Dann fuhr er fort: »Der Spürer will diesen Speer haben.«

»Warum?«, fragte Sonja.

Für einen Moment löste sich der besorgte Blick von Darian und glitt zu ihr hinüber, dann wieder nach oben. »Aus demselben Grund, warum er das Wolfskopfamulett haben will. Der Speer kann ihm gefährlich werden.«

»Und warum muss ausgerechnet Darian ihn holen?«

Aber der Mann kam nicht dazu, ihr zu antworten. Wie aus dem Nichts glitten plötzlich acht riesige, vogelartige Schatten über sie hinweg, und drei davon stürzten sich auf Darian.

Jemand schrie auf. Bogensehnen schwirrten. Zwei der Drachenvögel stürzten kreischend ab und landeten mit einem schrecklichen Krachen auf dem Boden. Elri raste los und sprang einen an, der ein wenig zu tief über den Boden dahinflog. Die Männer zogen ihre Schwerter und griffen die Drachenvögel an, die in Reichweite kamen – aber hoch über ihnen hing Darian an den Felsen gekrallt und konnte sich nicht wehren.

»Sonja!«, schrie Melanie. »Das Amulett! Vielleicht können wir sie blenden!« Sie riss Sonja den Spiegel aus der Hand und hielt ihn so hoch sie konnte, um das letzte Sonnenlicht über dem Rand der Schlucht einzufangen. Und es klappte – sie leuchtete einem der Drachenvögel so genau in die Augen, dass er taumelte, mit dem Flügel gegen den Felsen krachte und abstürzte. Aber dann verschwand die Sonne hinter der Schlucht.

Sonja zog das Amulett aus dem Kragen und hielt es hoch. Blenden konnte sie damit niemanden, aber sie erinnerte sich noch gut an den sengenden Lichtstrahl, der ihr und Nachtfrost vor langer Zeit das Leben gerettet hatte. Irgendwas in der Art, dachte sie flehentlich, Aruna, bitte –

Aber es gab keinen Lichtstrahl. Es gab kein Feuer, gar nichts. Das Amulett lag wie tot in ihrer Hand, und die drei noch lebenden Drachenvögel gingen alle gleichzeitig auf Darian los.

Sonja sah Haelfas vor sich, sah die starren, kalten Augen des Drachenvogels, der ihn getötet hatte, sah Darian, der ohne das geringste Zögern in einen unbekannten Abgrund gesprungen war, um Melanie zu retten, und wurde so wütend, dass sie fast platzte. Nicht noch einmal, nicht Darian, egal, ob er dem Spürer gehorchte oder nicht! Sie hob das Amulett noch höher, holte tief Luft und brüllte: »*Lasst ihn in Ruhe!*«

Die Drachenvögel zuckten von Darian weg, als hätte jemand sie von ihm weggeschlagen. Einer krachte gegen die Felsen und stürzte in die Tiefe, die beiden anderen drehten mit wilden Flügelschlägen ab und flatterten davon. Aber die Lindwurmkämpfer spannten ihre Bögen, die Pfeile sausten los, und die Drachenvögel fielen wie Steine aus der Luft.

Sonja, Melanie, Elri, Lorin und alle anderen starrten nach oben. Darians Lederhemd war zerrissen und blutig. Einen langen Moment hing er einfach nur in der Felswand, und es sah aus, als würde er jede Sekunde abstürzen. Aber dann kletterte er weiter – langsam, mühsam, aber er kletterte. Einige der Männer feuerten ihn an, und als er endlich mit einem letzten Klimmzug die Höhle erreichte und sich hineinzog, brachen sie in Jubel aus.

»Zu früh«, murrte der Mann, der die Kinder bewachte. »Er muss ja auch wieder herunter.« Dann schaute er Sonja lange an, als versuche er, sich über etwas klar zu werden. Aber alles, was er sagte, war: »Du bist also die Auserwählte, die den Spürer besiegen soll.«

»Ja«, sagte sie herausfordernd. »Und?«

»Und da hilfst du einem, der sich ihm angeschlossen hat?«

Elri knurrte. Lorin und Melanie sahen wütend aus. Sonja sagte patzig: »Darian ist unser Freund, nur damit du's weißt.«

Der Kämpfer lächelte ein wenig. »Schön. Vergesst es nur nicht.«
»Solange er es nicht vergisst«, murmelte Lorin.
Aber es schien, als hätte Darian es vergessen. Es dauerte eine ganze Weile, bis er aus der Höhle herauskam. Auf dem Rücken trug er einen langen Speer, der im Abendlicht schimmerte. Langsam und vorsichtig kletterte er die Felswand wieder herunter. Als er endlich wohlbehalten unten landete, umringten ihn die Männer und klopften ihm anerkennend auf die Schulter. Er ignorierte sie fast alle und wandte sich an die Jeravi, die leise miteinander gesprochen hatten. »Nun?«, fragte er herausfordernd.
Sie tauschten Blicke, und endlich nickte der alte Mann. »Du hast ihn geholt. Er gehört dir.«
Darian nickte ebenfalls kurz, drehte sich um und ging weg. Die Jeravi ließ er einfach stehen. Seine Männer folgten ihm. Bei Sonja, Melanie, Lorin und Elri hielt er an. Sie schauten ihn stumm an. Das war ein ganz anderer Darian als der, an den sie sich erinnerten. Aber bestimmt hatte er doch gemerkt, dass sie ihm geholfen hatten? Elri wedelte fast zaghaft mit dem Schwanz.
Aber Darian schaute so kalt und gleichgültig über seine Freunde hinweg, als hätte er sie noch nie im Leben gesehen. Dann befahl er: »Fesselt sie. Wir nehmen sie mit nach Chiarron.«

Chiarron

So kamen sie doch noch in die Festung des Lindwurms, wenn auch ganz anders, als sie es sich vorgestellt hatten. Statt durch die Wildnis und geheime Höhlengänge zu schleichen, kamen sie durch das Haupttor. Statt Darian vor unbekannten Gefahren zu retten, waren sie von ihm gefangen genommen worden. Und statt sich irgendwo zu verstecken und Pläne zu schmieden, wie sie die gläserne Höhle finden konnten, landeten sie im Kerker.

Vor zwei Jahren waren Sonja und Melanie mit ihrer Klasse zu einer mittelalterlichen Burg gefahren. Während der Führung waren sie auch in die Kerker gekommen und hatten natürlich sofort alles ausprobiert. Sie hatten ihre Hände und Füße in den hölzernen Pranger gesteckt, sich auf die Streckbank gelegt und trotz strengsten Lehrerverbots die Eisenzangen, mit denen im Mittelalter Menschen gefoltert waren, von den Halterungen genommen und sich gegenseitig gezwickt. Es war ein toller Spaß gewesen. Nur beim Blick in die trostlosen Gewölbe, in denen die Gefangenen jahrelang auf schimmeligem Stroh gesessen hatten, war ihnen ziemlich mulmig geworden. Das waren nicht etwa Zimmer oder auch nur Kammern gewesen, sondern einfach nur Löcher im Fels – ein gewölbter Bogen aus Ziegeln, in dem man nicht einmal richtig aufrecht stehen konnte, über einem Boden aus blankem Stein; das einzige Fenster war ein kaum handgroßes Loch hoch oben hinter einer steil abgeschrägten Fläche, an der man nicht hinaufklettern

konnte. Ein Gefangener konnte zehn Quadratzentimeter Freiheit sehen und sie niemals erreichen.
In Chiarron gab es nicht einmal diese zehn Quadratzentimeter.
Alles andere war ähnlich. Der Boden aus blankem Fels, darüber ein gemauertes Gewölbe, bei dem Melanie, die Größte von ihnen, den Kopf einziehen musste. Stroh auf dem Boden, kaum genug für sie alle vier. Ein Holzeimer, der wohl als Toilette gedacht war. Und eine von außen verriegelte Tür aus schwerer Eiche und schwarzem Eisen. Sie hatte ein winziges vergittertes Fenster, durch das ein trübes Zwielicht fiel und von dem aus sie die gegenüberliegende Mauer des Ganges sehen konnten, und unten am Boden eine winzige Klappe, durch die Näpfe mit Essen geschoben werden konnten.
Falls es überhaupt etwas zu essen für sie gab.
Trübsinnig saßen sie auf dem Strohhaufen.
»Es ist alles meine Schuld«, sagte Sonja unglücklich. »Wenn wir weggelaufen wären, wäre das alles nicht passiert.«
»Dann hättest du Darian nicht helfen können«, meinte Lorin und legte tröstend seinen Arm um sie. »Vielleicht wäre er abgestürzt.«
»Na schön, er ist nicht abgestürzt. Und das hier ist echt eine komische Art, Danke zu sagen.«
»Sieh es mal so«, sagte Melanie. »Wir sind in Chiarron! Genau da, wo wir hinwollten! Na ja, fast genau.«
»Nur auf der falschen Seite der Tür«, knurrte Sonja. »Toll, wirklich.«
Elri sagte nichts. Sie hatte seit drei Tagen, während des ganzen langen Rittes nach Chiarron, kein einziges Wort gesagt, obwohl sie sich zwischenzeitlich wieder in ein Mädchen verwandelt hatte. Sie tat Sonja und Melanie schrecklich leid.

Am Anfang hatte sie Darian überhaupt nicht gemocht, aber nachher dann doch, und die Prophezeiung der Enat hatte sogar behauptet, sie würde irgendwann fest zu ihm gehören – und dann so ein Ende. Das war bitter. Darian hatte während des Rittes weder Elri noch irgendwen sonst beobachtet, sondern nur geübt, seinen neuen Speer in die Gegend zu schmeißen und wieder zurückzuholen. Und als sie die Festung erreichten, sagte er bloß: »Sperrt sie ein«, und verschwand im Turm.

Und sosehr sich Sonja, Melanie und Lorin auch die Köpfe zerbrachen, sie kamen nicht dahinter, was mit ihm los war. Und weil Elri so hartnäckig schwieg, dass sie alle drei begriffen, wie sehr sie litt, trauten sie sich auch nicht, ausführlicher über Darian zu sprechen.

Es gab eine Pause.

»Wir müssen irgendwas tun«, sagte Melanie endlich. »Wenn wir einfach hier sitzen bleiben, kommt irgendwann der Spürer und holt das Amulett, und dann war es das.«

»Und was sollen wir tun?«, fragte Lorin. »Die Tür bekommen wir nicht auf, in Mäuse verwandeln können wir uns auch nicht, und selbst wenn wir dem Spürer den Eimer über den Kopf schlagen, wird uns das gar nichts nützen.«

»Klasse!«, sagte Melanie wütend. »Bestimmt lasse ich mich noch mal mit einer Werwölfin, einer Auserwählten der Göttin und einem wandelnden Geschichtengott in einen Kerker sperren – damit sie mir erzählen, dass wir nichts tun können, um abzuhauen! Sonja, was ist mit Nachtfrost? Wo ist er? Warum hat er sich in den ganzen drei Tagen nicht blicken lassen?«

»Weiß ich nicht.«

»Kannst du ihn nicht irgendwie spüren oder so?«

»Nein.«

»Klasse! Genau das wollte ich hören!«
Wieder schwiegen sie.
Lange.
Endlich sagte Melanie langsam: »Moment mal. Eigentlich könnten wir ja doch einfach abhauen.«
Die anderen schauten sie im Halbdunkel an.
»Und wie?«, fragte Lorin.
Triumphierend holte Melanie ihren kleinen Spiegel aus der Hosentasche und legte ihn auf den Boden. »So.«
Sprachlos starrten sie den Spiegel an. Sie hatte ja recht! Sie brauchten sich nur an den Händen zu fassen, und dann konnte Melanie sie alle durch den Spiegel nach Hause bringen. Zu Ben und den Pferden, zu Philipp und den Eltern und Geschwistern, zu heißem Bad, Kakao und Hausaufgaben. Sie konnten den Kerker einfach vergessen und bei der nächsten Klassenfahrt wieder darüber lachen ...
»Und was ist mit uns?«, fragte Lorin schließlich.
»Was soll mit euch sein? Ihr kommt natürlich mit!«
»Nein«, sagte er sehr sanft. Und Elri sagte es auch, wenn auch weniger sanft. »Nein! Da gehe ich nicht rein! In die Geisterwelt? Ich bin schon auf der Nebelbrücke fast verrückt geworden, und dann zurück in eure tote Welt? Nein! Lieber verhungere ich hier in diesem Loch!«
Erschrocken schauten sie sie an.
»Und wenn wir einfach Hilfe holen würden?«, versuchte Melanie es wieder. »Ben? Oder –«
Lorin schüttelte den Kopf. »Du weißt doch, dass die Zeit in eurer Welt langsamer vergeht als hier. Was, wenn du zurückkommst – aber viel zu spät?«
Melanie schwieg betroffen. Daran hatte sie nicht gedacht.
»Aber du kannst natürlich gehen«, sagte Lorin. »Du musst nicht hierbleiben.«

»Was ist denn mit dir?«
»Du glaubst doch nicht im Ernst, dass ich meine Schwester alleinlasse.«
»Und Sonja?«
»Du glaubst doch nicht im Ernst, dass ich Lorin und Elri alleinlasse.«
Melanie schwieg. Dann seufzte sie tief und steckte den Spiegel wieder ein. »Na schön. Dann gucken wir eben weiter die Wand an.«
»Willst du nicht gehen?«, fragte Elri mit rauer Stimme, und Melanie grinste schief. »Du glaubst doch nicht im Ernst, dass ich nach Hause gehe und Ben und Philipp sage, dass ich euch im Stich gelassen habe. Außerdem muss ich bei der nächsten Englischarbeit bei Sonja abschreiben, also *kann* ich gar nicht ohne sie nach Hause.«
Da mussten sie kichern, und dann versuchten Sonja und Melanie, ihren Freunden zu erklären, was eine Englischarbeit war und wie man am besten von der Sitznachbarin abschrieb, ohne von der Lehrerin erwischt zu werden. Dann legten sie Strohhalme zu Bildern und Buchstaben und versuchten, Elri und Lorin das Lesen beizubringen. Damit brachten sie eine ganze Weile zu und vergaßen beinahe, wo sie sich befanden. Doch irgendwann wurden sie müde, und da kehrte die unerfreuliche Wirklichkeit mit einem Schlag zurück. Sie schoben das Stroh zusammen und kuschelten sich eng aneinander. Elri verwandelte sich in ein praktisches Wolfsheizkissen, aber leider nicht in eine Decke, und so lagen sie unbehaglich da, schoben piksende Strohhalme zur Seite, froren und schliefen irgendwann doch noch ein.

Elri knurrte. Es war ein tiefes, durchdringendes Grollen, das sich in Sonjas Traum schlich und sie nach und nach

wieder in die kalte Kerkerzelle zurückbrachte. Lorin und Melanie regten sich neben ihr. »Was ist los?«, flüsterte Sonja Elri zu. Die Tesca knurrte weiter und schaute zur Tür.
»Jemand kommt«, wisperte Lorin.
Sie blieben still liegen und schauten ängstlich zur Tür. Nur Elri stand auf, ein riesiger schwarzer Schatten, bedrohlich wie ein Dämon – für jeden, der hereinzukommen versuchte. Sonja war noch nie im Leben so dankbar dafür gewesen, mit einer Werwölfin befreundet zu sein. Trotzdem schlug ihr das Herz bis zum Hals.
Leise Schritte, kaum hörbar in Elris Knurren. Sie hielten vor der Tür an. Bei aller Angst hatte Sonja doch das deutliche Gefühl, dass dies weder ein Kerkermeister oder Folterknecht noch der Spürer war. Keiner von denen brauchte sich anzuschleichen.
Dann: ein leises Keckern.
Sie setzten sich alle drei kerzengerade auf.
»Suly?«, fragte Lorin ungläubig, und das Keckern ertönte wieder. Etwas kratzte und scharrte, und dann schob sich die Essensklappe zur Seite. Suly schlüpfte hindurch und hielt sofort mit gesträubtem Fell an, als er die schwarze Wölfin erkannte, die über ihm aufragte. Aber dann flitzte er einfach zwischen ihren Beinen hindurch und setzte sich auf Melanies Schoß. Dort rollte er sich gemütlich zusammen.
»Suly«, sagte Melanie. Sie traute ihren Augen nicht. »Wo – wie kommst du hierher? Ist Gural Bandur auch hier? Elri, warum knurrst du denn noch immer? Das ist Suly!«
»Ich nehme an, sie knurrt meinetwegen«, sagte eine leise Stimme draußen vor der Tür. »Es tut mir leid. Können wir reden, ohne dass ihr mich in Stücke reißt?«
Es war Darian.

Darians Geschichte

»Komm ruhig rein!«, sagte Melanie ätzend. »Wir würden dem edlen Prinzen ja gerne die Tür aufmachen, aber irgendwie haben sie auf unserer Seite den Riegel vergessen!«
Es blieb einen Moment still. Dann seufzte Darian. »Hört zu, es tut mir wirklich leid, ja? Ich habe nur keinen anderen Ausweg gesehen, um – oh, Elri, bitte hör auf, mich anzuknurren! Lass es mich wenigstens erklären!«
Elri knurrte weiter, aber dann verwandelte sie sich und zog sich in die hinterste Ecke des Raumes zurück. Ohne ein Wort hockte sie sich in die Ecke und schlang die Arme um sich. Sonja, Melanie und Lorin tauschten einen Blick, und dann standen sie alle drei auf und gingen zu ihr. Und als Darian den Riegel zurückschob und hereinkam, fand er sie alle in der hintersten Ecke versammelt, und selbst im schwachen Licht der Kerze konnte er sehen, wie wütend sie ihn anfunkelten. Nur Suly schnurrte und wand sich um seine Beine. Darian hob ihn hoch und stellte dafür seine Kerze ab.
Sonja wartete darauf, dass er etwas sagte, aber er schien noch nach Worten zu suchen. So stellte sie die Frage, die jetzt gerade wahrscheinlich am einfachsten zu beantworten war: »Wie kommt Suly hierher? Hast du – ist Gural Bandur auch gefangen?«
»Nein«, antwortete Darian. »Suly ist uns gefolgt. Drei Tage lang. Habt ihr es nicht gemerkt?«
Verblüfft schüttelten sie die Köpfe.

»Aber warum?«, fragte Melanie. »Warum ist er nicht bei Gural Bandur geblieben?«
»Ich nehme an, der Händler hat ihn hinter uns ... hinter euch hergeschickt. Um auf euch aufzupassen oder so.«
Sonja kicherte unwillkürlich. »Klar, er kann uns bestimmt retten!« Aber dann fiel ihr wieder ein, dass sie gerade mit dem Jungen redete, der sie überhaupt erst in diesen Kerker gesperrt hatte, und sie wurde wieder ernst. Aber verflixt noch mal – er war schließlich hergekommen, um mit ihnen zu reden! Irgendwie musste sich das alles doch klären lassen – Darian war doch kein *Feind*!
»Was ist mit Nachtfrost?«, fragte sie deshalb hoffnungsvoll weiter. »Hast du ihn irgendwo gesehen? Und Beyash und Iruko?«
Aber Darian schüttelte den Kopf. »Nein. Tut mir leid. Wo sollten sie denn sein?«
»Irgendwo in der – auf der Steppe. Die Windläufer haben Beyash und Iruko erschreckt, und sie sind weggelaufen, und Nachtfrost –«
»Sonja«, sagte Lorin und klang ziemlich gereizt, »lass doch zuerst Darian seine Geschichte erzählen.«
War er etwa böse auf sie? Erschrocken hielt sie den Mund.
»Danke«, sagte Darian. »Ich bin damals vor zwei Monaten nicht auf geradem Weg von Lyecenthe nach Chiarron geritten. Das wäre viel zu gefährlich gewesen, ich wollte dem Spürer ja wirklich nicht direkt in die Arme laufen. Ich habe also einen weiten Umweg gemacht, erst durch die Berge, dann nördlich um die Kristallflüsse herum und dann hier nach Eldia. In Alduas, das ist das Gebiet meines Stammes, der Teshante, habe ich mich tagsüber im Wald versteckt und bin nur nachts weitergeritten. Dabei habe ich immer wieder meine Spuren verwischt, bin durch Bäche

geritten und habe steinige Wege benutzt. Und dabei hat sich Nalar verletzt. Er hat sich einen spitzen Stein eingetreten, ich konnte ihn zwar entfernen, aber Nalar hinkte, und ich musste ihn führen. Dadurch kamen wir nur noch sehr langsam voran. Und dann war mein Glück ganz vorbei, weil mich die Falkenkrieger erwischt haben.«

»Wer ist das?«, fragte Melanie.

»Das sind die Ava. Der gefürchtetste Stamm von Parva. Sie leben nördlich von hier, in Dunartan. Das ist eine raue, unfruchtbare Gegend, und um zu überleben, haben sich die Ava schon seit langer Zeit immer wieder als Söldner verdingt. Durch meine Mutter bin ich mit ihnen verwandt, aber da sie jetzt für den Spürer kämpfen, hat mir das nichts genützt. Sie haben mich eingefangen und nach Chiarron gebracht. Und der Spürer hat sich natürlich sehr gefreut, denn damit hat er mit einem Schlag alle Teshante, die noch gegen ihn gekämpft haben, unter seinen Befehl gebracht.«

»Wie das denn?«, fragte Sonja.

»Ganz einfach«, antwortete Darian finster. »Veleria hat dich angelogen. Sie hat gesagt, meine Eltern seien in Sicherheit, aber das stimmt nicht. Sie sind auch nicht geflohen und spurlos verschwunden, wie alle geglaubt haben. Der Spürer hält sie in Chiarron gefangen – irgendwo. Und damit hat er mich erpresst. Ich musste tun, was er sagt, und zu meinem Volk gehen und ihnen sagen, dass sie sich ihm unterwerfen sollten, weil er sonst meine Eltern tötet. Seit vier Wochen bin ich sein Hund, trage dieses verfluchte Wappen und verrate alle Völker und die Göttin, weil ich hoffe –«, seine Stimme schwankte plötzlich. »Ich bin fast jede Nacht hier unten. Ich habe alle Kerker durchsucht, aber ich habe meine Eltern nicht gefunden. Aber es gibt noch mehr Kerker – es gibt uralte Gewölbe, auf denen Chiarron erbaut wurde, und dort unten irgendwo ist auch die gläserne Höhle. Aber ich finde den Weg nicht.«

»Darian«, begann Lorin, aber der Prinz von Chiarron schüttelte den Kopf. »Warte noch. Als ich euch im Lager der Nepe gesehen habe, war ich entsetzt. Ich hätte nie gedacht, dass ihr einfach so den Lindwurmsöldnern in die Arme laufen würdet! Aber wenn ich gesagt hätte, dass ihr meine Freunde seid, wäre ich noch erpressbarer geworden. Ihr wärt auf jeden Fall gefangen worden, aber dann hätten sie euch sofort zum Spürer gebracht; er hat sein Kriegslager in Duntalye. Aber jetzt seid ihr hier, und nachdem ich euch so ekelhaft behandelt habe, erwartet niemand, dass ich euch helfe. Es ist kein besonders guter Plan, aber ...« Er zögerte. »Es tut mir leid. Wenn sie mich nicht erwischt hätten ... aber damit muss ich jetzt leben. Bis ich meine Eltern nicht gefunden habe, kann ich nichts gegen den Spürer tun. Aber ich hatte gehofft, dass ihr mir vielleicht helft, weil ...« Hier wurde seine Stimme ganz leise. »Weil wir doch Freunde waren.«

Niemand sagte etwas.

Dann stand Elri auf. Sie ging auf Darian zu und blieb vor ihm stehen. Sehr ruhig, ohne ein Wort, nahm sie ihm Suly aus dem Arm und setzte ihn auf den Boden.

Dann holte sie aus und verpasste Darian eine schallende Ohrfeige, und Suly raste mit einem entsetzten Quietschen zu Melanie und versteckte sich hinter ihr.

»Du Idiot«, sagte Elri leise und wütend. »Du dämlicher, bescheuerter Idiot! Ich hätte dich umgebracht, wenn dieser Händler mich nicht zurückgehalten hätte!«

Darian rieb sich die Wange und murmelte: »Dafür bin ich ihm auch sehr dankbar. Aber verstehst du nicht –«

»Und noch etwas: Veleria lügt nicht. Ganz egal, was dein dreckiger, mieser Lindwurm erzählt, *Veleria lügt nicht*!

Wenn sie sagt, dass deine Eltern in Sicherheit sind, dann stimmt das! Wie kannst du es wagen, an ihr zu zweifeln!«

»Aber –«

»Kein Aber! Darian von Chiarron, benutz doch mal deinen Verstand! Wenn der Spürer deine Eltern gefangen hätte, würde er *sie* benutzen, um die Völker zu unterwerfen! Nicht dich! Aber weil er sie eben *nicht* hat, schickt er dich durch das Land!«

Darian starrte sie an. »Aber –«

»Und jetzt ziehst du diesen grauen Dreckslappen aus, und wir gehen sie suchen!«

»Elri, ich –«

Und da ging die Tür zu. Melanie schrie noch: »Achtung!«, aber es war schon zu spät. Darians Kerze erlosch, die Tür krachte zu, und der Riegel wurde eingehakt. Eine grobe Männerstimme sagte: »Ich hab's mir gleich gedacht, dass unser Prinzchen ein dreckiger Verräter ist. Gut, dass ich dir heimlich gefolgt bin, ha? Jetzt kannst du da drin bei deinen *Freunden* warten, bis der Spürer kommt und dir eine Abreibung verpasst – und keine Sorge, morgen früh ist er da!« Schritte entfernten sich, und die Kinder blieben in der Dunkelheit zurück.

Nach einer langen Pause sagte Melanie: »Und was lernen wir daraus? Nächstes Mal hauen wir *erst* ab und erzählen dann Geschichten!«

»Falls es ein nächstes Mal gibt«, sagte Darian. Und dann, sehr bitter: »Warum mache ich eigentlich immer alles falsch?«

»Weil du auch nicht schlauer bist als wir«, antwortete Lorin. »Wir hätten ja auch daran denken können.«

Melanie stand auf. »Mein Po wird kalt, ich setz mich wieder aufs Stroh. Wer kommt mit?«

Alle kamen mit, auch Darian. Sie zerrten das Stroh ein wenig auseinander, damit sie alle Platz hatten, und rückten eng zusammen, um sich zu wärmen. Suly lag wie eine pelzige, schnurrende Wärmflasche quer über Sonjas und Melanies Beinen. Und so schlimm ihre Situation auch war, im Moment waren sie einfach nur froh, dass sie wieder zusammen waren. Lorin hatte seinen Arm um Sonjas Schulter gelegt, Darian seinen um Elri, und Melanie streichelte Suly und war nur ein ganz kleines bisschen eifersüchtig.

Sie erzählten Darian alles, was sie erlebt hatten. In ungläubigem Staunen hörte er ihnen zu. »Diese Prophezeiung sagt, *Lorin* ist der Wolfsgott?«

»Nur, dass ich seine Macht in mir habe«, sagte Lorin. »Und seine Macht ist das Alte Wissen – zumindest glauben wir das.«

»Hm«, murmelte Darian. »Das erklärt, warum ...«

»Warum was?«

»Nichts. Erzählt weiter.«

Das taten sie. Sonja erzählte von den Kobolden im Sternrückengebirge, Elri und Melanie erzählten von der Schlacht und davon, wie sie Sonja zurückgeholt hatten und alle zusammen im letzten Augenblick in die andere Welt geflüchtet waren. Und dann erzählte Sonja die Geschichte von dem Jäger und der Falkenfrau, mit der Nachtfrost ihr den Mut gegeben hatte, sich der Prophezeiung zu stellen. »*Zwei sind eins*«, sagte sie. »Ich weiß nicht, was das heißt, aber irgendwie ... passt es zu allem. Und Nachtfrost sagte, alles wird gut.« Es war schön, sich daran zu erinnern, und gab ihnen ein wenig Hoffnung zurück.

»Zwei sind eins«, wiederholte Darian. »Ja ... ich kenne diese Worte. Sie sind das oberste Gesetz von Parva. Der vollständige Spruch heißt: *Wenn Mut und Wissen in Liebe han-*

deln, vereinen sie das Land. Und das ist auch der Hintergrund dieser Geschichte, die Nachtfrost dir erzählt hat.«

»Woher weißt du das?«, fragte Sonja fasziniert. »Das ist ja ein richtig schöner Spruch!«

»Er ist mehr als das. Die Geschichte ist noch nicht so alt. Der verzweifelte Jäger war mein Vater Ghadan, und die Falkenfrau ist meine Mutter Aletheia. Gemeinsam haben sie die Teshante vor dem Verhungern gerettet.«

»Wirklich?«, staunte Lorin. »Das habe ich auch nicht gewusst!«

Darian nickte.

»Und deine Mutter kann sich in einen Falken verwandeln?«

»Hm, nein. Zumindest habe ich noch nie gesehen, dass sie es getan hätte. Es ist eigentlich nur der Hinweis darauf, dass sie zu den Falkenkriegern gehört. Aber da ist noch mehr. Diese Geschichte wiederholt sich ... in euch.«

»In uns?«, fragte Sonja verblüfft.

»Denk doch mal nach. Du bist die Trägerin des Amuletts, du hast Arunas Macht, und dass du mutig bist, kannst du wohl kaum abstreiten! Du bist mitten in eine Höhle voller Feinde gegangen, um uns zu retten! Und Lorin hat das Alte Wissen des Wolfsgottes. Und selbst Elri und ich – ich meine, ich bin nicht besonders klug, und ob ich mutig bin, weiß ich nicht, also stimmt die Verteilung nicht ganz, und ob Elri überhaupt – ich meine, obwohl die Prophezeiung sagt ...«

»Blödmann«, sagte Elri und knuffte ihn in die Seite. »Dann bin ich eben mutig und schlau für uns beide!«

Sie lachten. Es war völlig verrückt, jetzt zu lachen – sie saßen gefangen in einem Kerker, und der Spürer war auf dem Weg zu ihnen! Aber trotzdem lachten sie, weil sie zusammen waren und die Hoffnung noch immer stärker war als alle Angst.

»Schön«, sagte Melanie, als sie sich wieder beruhigt hatten. »Dann sollten wir jetzt mal Arunas Macht und das Alte Wissen und diese ganze geballte Menge Mut und Schlauheit zusammennehmen und überlegen, wie wir hier rauskommen. Sonst nützt uns das nämlich überhaupt nichts.«

Damit hatte sie recht, und sie wurden wieder ernst. Sie standen auf und untersuchten die Tür, aber sie war fest verriegelt und ließ sich keinen Zentimeter verschieben. Suly half mit und scharrte wie verrückt auf dem Felsboden herum, aber damit kam er auch nicht weit. Aber dann gab es plötzlich ein klapperndes Geräusch, und als die Kinder nach unten schauten, sahen sie gerade noch einen gestreiften Schwanz durch die verschobene Essensklappe verschwinden. Gleich darauf hörten sie von draußen Sulys vergnügtes Keckern.

»Ja, toll hast du das gemacht!«, sagte Melanie. »Aber leider passen wir da nicht durch! Komm wieder rein!«

Aber Suly kam nicht. Sie hörten ihn draußen herumtappen, und dann wurde es still.

»Suly!«, rief Melanie. »Komm zurück!«

Keine Antwort.

Niedergeschlagen setzten sie sich wieder auf das Stroh. Jetzt war ihnen nicht mehr nach Lachen zumute. Suly war weggelaufen, und sie kamen nicht aus dem Kerker heraus – was sollten sie nur tun? Warten, bis der Spürer kam?

»Vielleicht gibt es doch einen Weg«, sagte Elri, nachdem sie eine Weile gegrübelt hatten. »Vielleicht kann Sonja Veleria um Hilfe bitten.«

»Und wie?«, fragte Sonja. »Nachtfrost ist doch nicht hier, um mich zu ihr zu bringen!«

»Das war er beim ersten Mal auch nicht. Und beim zweiten Mal hatten dich die Windläufer von seinem Rücken gerissen. Ich glaube, du kannst den Weg selber finden!«

»Und wer von euch haut mir eins über den Schädel, damit ich ohnmächtig werde?«

Elri zögerte. »Hm.«

»Vielleicht musst du einfach nur einschlafen«, meinte Darian. »Versuch es!«

»Wir sollten alle schlafen«, schlug Lorin vor. »Wir haben nur wenig geschlafen, bevor du gekommen bist. Und vielleicht kann Sonja uns sogar mitnehmen!«

Einen Versuch war es wert. Sie legten sich hin, kuschelten sich aneinander und machten die Augen zu.

Aber Sonja konnte nicht einschlafen. Lorin lag hinter ihr, hatte seinen Arm über sie gelegt, und sie hörte ihn atmen. Es war ein seltsames Gefühl. Noch nie war sie jemandem so nah gewesen wie ihm, und obwohl sie sich bei ihm geborgen fühlte, klopfte ihr Herz doch ein wenig schneller.

Wenn Mut und Wissen in Liebe handeln, vereinen sie das Land.

Waren damit wirklich Sonja Berger und ein vernarbter Nomadenjunge gemeint? Oder ein Prinz von Chiarron und eine Wolfsgestaltwandlerin? Oder ein verzweifelter Jäger und eine Falkenfrau? Oder am Ende doch nur Aruna und Kinriat? Oder alle zusammen?

»Lorin?«, flüsterte sie ganz leise.

»Ja?«, flüsterte er zurück.

»Schläfst du?«

Sie hörte ein Lächeln in der Antwort. »Nein.«

Daraufhin drehte sie sich um, und Lorin lächelte sie an. Dann lernten sie das uralte Problem zweier liegender Menschen kennen und mussten erst einmal ihre Knie sortieren, um nicht zusammenzustoßen. Lorin grinste, Sonja kicherte und hoffte, dass die anderen schon schliefen. Als sie sich

endlich einigermaßen gemütlich zurechtgebogen hatten, hob Lorin die Hand und streichelte Sonjas Wange und Stirn. »Du sollst doch schlafen«, wisperte er.
»Ja, gleich.«
Jetzt klopfte Sonjas Herz doch schon etwas stärker. War das nun Verliebtheit oder doch irgendetwas anderes? Lorin war so ganz anders als alle Jungen, die sie je kennengelernt hatte – weder frech noch albern oder gemein, und noch nie hatte er sich über sie lustig gemacht oder so getan, als sei er etwas Besseres, bloß weil er ein Junge war. So ein Gedanke schien ihm nicht einmal im Traum einzufallen – und, um fair zu sein, Darian auch nicht.
Aber vielleicht war er doch nicht so richtig in sie verliebt? Was machten Jungen, wenn sie sich in ein Mädchen verliebten? War das wirklich so einfach: Lorin legte den Arm um Sonja, und die Sache war für ihn erledigt? Oder dachte er auch schon seit Wochen darüber nach – wenn sie nicht gerade um ihr Leben rannten? Das war alles irgendwie furchtbar schwierig, und –
»Du hast eine richtig niedliche Nase«, wisperte Lorin, und Sonja fiel mit einem Ruck aus ihrem hochkomplizierten Gedankengebilde heraus.
»Äh – danke«, flüsterte sie und hätte sich gleich darauf am liebsten selbst geohrfeigt. Das war nun nicht gerade die schlaueste Antwort gewesen! Aber Lorin bewegte die Hand, stupste ihre Nase ganz leicht mit dem Finger an und lächelte, und da warf Sonja ihre Befürchtungen und Ängste und Überlegungen über Bord und lächelte zurück.
»Schlaf«, wisperte Lorin, und sie machte die Augen zu.
Der federleichte Kuss auf ihre Nasenspitze begleitete sie in ihren Traum.

Traumreise

Ich bin nicht eifersüchtig, dachte Melanie. Darian und Elri passen prima zusammen, und Lorin und Sonja auch, und Philipp ist sowieso viel zu alt für mich, und wenn Suly jetzt hier wäre, hätte ich auch jemanden zum Kraulen, und wenn wir hier nicht bald rauskommen, ist es auch völlig egal, wer in wen verliebt ist.
Das sagte sie sich ungefähr hundertmal.
Schlafen konnte sie trotzdem nicht.
Das Stroh pikste sie in Arme und Beine, ihre Füße lagen auf kaltem Stein, und egal, in welche Richtung sie sich umdrehte, sie würde mit jemandem zusammenstoßen und vielleicht Sonjas Reise zu Veleria stören und alles verderben.
Ich bin nicht eiferüchtig, sagte sie sich. Und ich tu mir auch nicht leid. Bloß weil Sonja in dieser Welt ganz furchtbar wichtig ist und Amulette und Einhörner und neue beste Freunde und Schattenkatzen und alles mögliche Viehzeug hat. Und ich hab niemanden außer Beyash, und der ist weg. Und Suly ist auch weg.
Dabei hatte sie gedacht, Suly hätte sie gern. Immerhin hatte er sich hinter ihr versteckt und war zuerst zu ihr gekommen ... aber nun war er einfach wieder abgehauen, das blöde kleine Biest.
Ganz vorsichtig setzte sie sich hin. Die anderen schliefen. Sie hatte sie vorhin noch flüstern gehört und sich einzureden versucht, dass sie sich nicht ausgeschlossen und allein fühlte.

Klar. Genauso, wie sie nicht eifersüchtig war und nicht in Selbstmitleid schwamm.

Toll, Melanie. Ganz toll.

Ich will auch was sein, dachte sie. Ich muss ja nicht gleich die ganze Welt retten. Aber ich will auch kein Nichts sein. Brückenwächterin, pah! Den Job erledigen Ganna und Philipp prima ohne mich. Zwei sind eins – und was ist mit mir? Wer gehört zu mir? Kein Mensch braucht mich überhaupt!

Und da hätte sie beinahe angefangen zu heulen, weil sie so einsam, ungeliebt und überflüssig war.

Immerhin wusste sie jetzt, wie Sonja sich früher gefühlt hatte. Aber das half ihr auch nicht.

Ich könnte einfach abhauen, dachte sie. Ich gehe durch den Spiegel und verschwinde. Dann können die anderen hier völlig ungestört verliebt sein und blöd rumflüstern und kichern! Bis der Spürer kommt ...

Sie erschauerte. Der Spürer ... das war ein blöder Name für einen abgrundtief bösen Menschen. Auch wenn sie vor Eifersucht fast platzte, war das noch lange kein Grund, sich darüber zu freuen, dass sie vor dem Spürer weglaufen konnte, die anderen aber nicht.

So leise sie konnte, stand sie auf. Irgendwann demnächst musste sie mal aufs Klo, aber sie würde diesen scheußlichen Eimer erst benutzen, wenn sie platzte! Dann fiel ihr etwas ein, und sie kicherte lautlos. Ich könnte einfach durch den Spiegel nach Hause flitzen, aufs Klo gehen und zurückkommen. Melanie Vittori, die von einer Welt zur anderen reist – nicht, um sie zu retten, sondern um zu Hause im Badezimmerluxus zu schwelgen.

Aber selbst wenn sie nach Hause flitzen und sofort wieder zurückkommen könnte, wüsste sie doch nicht, wie viel Zeit währenddessen vergangen wäre. Und der Gedanke, zurück-

zukommen und herauszufinden, dass der Spürer Sonja, Elri, Lorin und Darian umgebracht hatte, war zu grauenhaft, um ihn auch nur ansatzweise zu denken.
Nein, sie konnte nicht nach Hause.
Aber vielleicht ...
... vielleicht konnte sie woandershin gehen?
Chiarron war die Festung eines Königs und einer Königin. Auch wenn sie wahrscheinlich wie im Mittelalter lebten, gab es doch vielleicht Spiegel? In irgendeinem Raum irgendwo in dieser hässlichen schwarzen Burg mit ihrem hässlichen schwarzen Turm?
Sie zögerte. Obwohl sie jetzt schon ein paarmal ganz allein oder mit Beyash durch den Spiegel gegangen war, gehörte diese Art des Reisens nicht gerade zu ihren Lieblingshobbys. In ihrem Kopf spukte noch immer Asariés Warnung herum: *Es ist keine Welt für Menschen.* Und sie hatte die scheußlichen Riesenvögel aus der Geisterwelt nicht vergessen, die Asarié ihnen einst auf den Hals gehetzt hatte.
Aber wenn sie es nun schaffte, einen Spiegel in Chiarron zu finden? Dann war sie auf der richtigen Seite der Tür und konnte ihre Freunde retten.
Und war kein Nichts.
Sie konnte es versuchen. Sie *musste* es versuchen. Wenn morgen früh der Spürer auftauchte, war alles zu spät.
Sie holte ihren Spiegel aus der Tasche. Darian bewegte sich im Schlaf, und weil Melanie wusste, dass er versuchen würde, sie aufzuhalten, wenn er aufwachte, berührte sie die Oberfläche des Spiegels mit dem Zeigefinger und trat hindurch in die Geisterwelt.

Schon als der Traum begann, wusste Sonja, dass ihr Plan nicht funktioniert hatte. Sie befand sich nicht im Alten

Land, in dem Veleria auf sie wartete. Es gab kein strahlendes Licht, das Gold und Blau zugleich war, und sie galoppierte auch nicht auf Nachtfrosts Rücken durch eine verzauberte Welt tiefsten Friedens.

Stattdessen tappte sie ganz allein durch einen dunklen Gang aus Erde. Wurzeln hingen von der Decke und streiften ihr Gesicht. Es war kalt und roch modrig. Sie erinnerte sich daran, dass Melanie einmal durch einen solchen Gang gelaufen war, auf der Flucht vor zwei Hexen, denen sie am Schluss doch nicht hatte entkommen können.

War das etwa derselbe Gang? Hatte der Traum Sonja ins Nebelmeer verschlagen, wo Hexen und Rauchdämonen lauerten?

Wenn etwas Unangenehmes passiert, wache ich sofort auf, nahm sie sich vor. Es ist nur ein Traum. Ich kann jederzeit abhauen.

Trotzdem standen ihr die Haare zu Berge. Wo war Nachtfrost? Was waren das für seltsame Traumreisen, die sie einfach an unbekannte Orte brachten? Welchen seltsamen Wesen würde sie hier unter der Erde begegnen? Sie wusste so wenig über die Alten Völker; vielleicht gab es ja auch welche, die so bedrohlich und grauenhaft waren wie die Wurzler, denen sie einmal in die Fänge geraten war.

Dass es eine Traumreise war und nicht einfach ein ganz normaler Traum, war ihr klar. Normale Träume waren durcheinander und verrückt und fühlten sich ganz anders an. Die Traumreise war ... *wirklich.* Und wenn Nachtfrost bei ihr gewesen wäre, hätte sie sich auch sicher gefühlt. Aber er war weit weg ... und außerdem hätte er gar nicht in diesen engen, niedrigen Erdstollen hineingepasst.

Oder doch? Wozu gab es schließlich Magie? Vielleicht konnte er sich einfach schrumpfen ... Mein magisches Tascheneinhorn, dachte sie und musste trotz allem kichern. In einiger Entfernung vor sich sah sie ein schwaches gelbes Licht, wie von einem Feuer. So leise wie möglich schlich sie darauf zu.

Zu Hause kam es wahrscheinlich selten vor, dass finstere Erdtunnel einfach so in alten Steinhäusern endeten, aber Melanies Erzählung hatte sie schon ein wenig vorbereitet. Und so war sie gar nicht so sehr erstaunt, als sie durch eine Öffnung am Ende die Ecke eines alten Holztisches und eine Wand aus klobigen weißen Steinen erkannte. Als sie näher heranschlich, sah sie einen Kamin, in dem ein Feuer brannte. An der Seite stand ein niedriges Bett – kaum mehr als ein paar Bretter auf Klötzen –, auf dem jemand ausgestreckt lag. Sein Gesicht konnte sie nicht erkennen, er hatte den Kopf zur Wand gedreht. Aber sie hörte sein schweres, stoßweises Atmen und begriff, dass es ihm nicht gut ging.

Auf einem Hocker am Tisch saß eine Frau, die ganz und gar nicht in das alte Haus passte. Ihr schweres dunkles Haar war wie zu einer Krone hochgesteckt, sie trug eine Rüstung aus schwarzem Leder und einen langen Umhang aus etwas, das wie schwarzer Samt aussah. Ihre Lederhandschuhe hatte sie auf den Tisch gelegt, und an ihren Fingern funkelten mehrere Ringe. Ein Schwert hatte sie auch, es steckte in einer mit Schriftzeichen und Bildern verzierten Scheide und lehnte hinter ihr an der Wand. Sie war noch jung, sah aber hart und finster aus. Vor ihr auf dem Tisch lagen ein paar Bögen pergamentartiges Papier, auf die sie mit einer Feder Worte in einer Schrift schrieb, die Sonja nicht lesen konnte.

Sonja schaute sich um, aber der Gang, durch den sie gekommen war, war verschwunden. Stattdessen stand sie vor einer Mauer. Sie drehte sich wieder um. Keiner der beiden

Erwachsenen hatte auf ihr Erscheinen reagiert. Hatten sie sie nicht bemerkt? »Hallo«, sagte sie ein wenig nervös.
Der Mann rührte sich nicht. Die Frau schrieb weiter.
»Äh ... hallo?«
Keine Reaktion. Die Frau schrieb noch ein paar Worte und legte dann die Feder zur Seite. Sie stand auf und ging zum Fenster, schob einen lederartigen Vorhang zur Seite und blickte hinaus. Sonja wusste nicht, was sie dort sah. Nach einer kurzen Pause ließ sie den Vorhang wieder los und drehte sich um. »Sie kommt nicht«, sagte sie. »Es hat keinen Sinn mehr, auf sie zu warten.«
»Vertraust du ... dem Taithar nicht?«, fragte der Mann auf dem Bett. Seine Stimme klang heiser und röchelnd, und als er den Satz beendet hatte, hustete er, drehte sich auf die Seite und krümmte sich zusammen.
Die Frau lachte, aber es war kein fröhliches Lachen. Es klang hart und böse. »Der Taithar! Erwartest du wirklich, dass ein Tier uns helfen kann?«
Sonja schluckte. Der Taithar – das war Nachtfrost. Sie sprachen von ihr! Aber die Frau schien sie gar nicht zu sehen ...
Sie räusperte sich. »Ich – ich bin hier«, sagte sie mit belegter Stimme, unsicher, wie sie sie begrüßen würden.
Sie begrüßten sie überhaupt nicht. Die Frau kehrte zum Tisch zurück, setzte sich wieder hin, tunkte die Feder ins Tintenfass und schrieb weiter.
Der kranke Mann stöhnte leise und drehte sich mühsam wieder auf den Rücken. »Vielleicht ist sie ...«, setzte er an, wurde aber von einem rasselnden Hustenanfall unterbrochen. Die Frau drehte sich zu ihm um. »Sprich nicht. Es strengt dich zu sehr an.«
»Ich muss ... sprechen«, stieß er hervor. »Sie wird kommen. Die Göttin hat sie auserwählt. Sie wird ...«

»Selbst wenn sie käme, könnte sie jetzt nichts mehr ausrichten«, sagte die Frau mit schroffer Stimme. Ihre Augen waren kalt und tot; als hätte sie schon alles aufgegeben. »Wir hätten Velerias Plan nicht zustimmen dürfen. Das Schicksal des Landes in die Hände von Kindern zu legen, war der größte Fehler, den wir machen konnten.«

»Sie haben es immerhin versucht, Thea.«

»Das war nicht genug«, sagte die Frau und schrieb weiter.

Thea, dachte Sonja. Der Name kam ihr bekannt vor, aber es dauerte eine Weile, bis sie ihn einordnen konnte. Thea ... Theia ... Aletheia. Das war der Name von Darians Mutter, der Königin von Parva! Waren das etwa Darians Eltern? Was machten sie in diesem schäbigen alten Haus? Sie sollten doch in der gläsernen Höhle sein! Hatte Veleria sich etwa doch geirrt?

Aber egal – die Göttin hatte ihr schon einmal einen Traum geschickt, in dem nichts so gewesen war, wie sie es erwartet hatte. Vielleicht bot sie ihr hier eine ganz einfache Lösung für all ihre Probleme an. Auch wenn diese Königin Sonja überhaupt nicht gefiel. Darians Mutter hatte sie sich ganz anders vorgestellt; besonders seit sie wusste, dass sie die Falkenfrau aus Nachtfrosts Geschichte gewesen war. Aber vielleicht kam es gar nicht darauf an, ob Sonja sie mochte oder nicht. Vielleicht waren Königinnen einfach streng und unerfreulich.

Sie marschierte quer durch den Raum und baute sich vor der Frau auf. »Guten Tag«, sagte sie. »Das hier ist zwar nur ein Traum, aber wir *haben* es versucht! Ich habe die Alten Völker geweckt, Darian und die anderen haben mir geholfen, und jetzt sind wir in Chiarron gefangen, aber hier ist das Amulett, das ich Ihnen bringen sollte! Bitte schön, ich bin froh, wenn ich es los bin!« Eine Sekunde später fiel ihr ein, dass man eine Königin vielleicht etwas höflicher anreden sollte, aber es schien keinen Unterschied zu machen. Königin Aletheia hob nicht einmal den Kopf. Da zog Sonja die Kette mit dem Amulett über den Kopf und ließ sie vor der Frau direkt auf das Blatt fallen.

Die Königin schrieb mitten durch das Amulett hindurch, ohne auch nur zu stocken.

Und Sonja begriff, dass Aruna es ihr offenbar doch nicht ganz so leicht machen wollte.

Ich bin ein Geist, dachte sie. Ich bin überhaupt nicht hier. Aber was soll das? Wozu bringt sie mich her, wenn ich überhaupt nichts machen und mit niemandem reden kann?

»Dann eben nicht!« Wütend und enttäuscht nahm sie das Amulett vom Tisch und hängte es sich wieder um den Hals. »Schön, Sie getroffen zu haben und so weiter, und ich geh dann wieder zurück in unseren Kerker!«

In diesem Augenblick legte die Frau die Feder beiseite, las schweigend durch, was sie geschrieben hatte, und drehte sich zu dem Kranken um. In ihren Augen schimmerte ein seltsames Licht, das nicht von der Kerze kam. »Ich gehe jetzt. Das Wasser hat die Dämonen nicht aufhalten können. Nun muss das Feuer es tun.«

»Nein!« Heftig schüttelte er den Kopf, zuckte zusammen und blieb still liegen. »Thea, tu das nicht!«

»Willst du mich aufhalten? Velerias Plan ist gescheitert. Wir haben das Amulett verloren. Es gibt keinen Ort mehr, an den wir fliehen können, und ich will nicht mehr fliehen.« Sie stand auf und faltete das Blatt zusammen. »Gib es Darian, wenn du ihn siehst. Leb wohl.« Und sie verschwand, wie eine Kerzenflamme, in die der Wind fährt.

Erschrocken wich Sonja zurück.

»Aletheia!«, rief der Mann mit rauer, heiserer Stimme. »Tu

es nicht! Komm zurück!« Er richtete sich wieder halb auf, und das Licht der Kerze fiel auf sein Gesicht.
Es war nicht das Gesicht eines Menschen, sondern eine Fläche aus grauer Asche.

Der Schock riss Sonja aus dem Traum. Sie fuhr hoch und fand sich, am ganzen Körper zitternd, im Dunkeln auf einer Schicht Stroh wieder. Die anderen saßen neben ihr. Instinktiv drehte sie sich zu Lorin um, und er umarmte sie und hielt sie fest, bis das Zittern aufhörte und das Bild verblasste. »Sonja! Was ist los? Was hast du geträumt?«
»Ich …« Sie fand nicht sofort die richtigen Worte. Und sie kam auch nicht dazu, sie zu suchen, denn Elri sagte mit rauer Stimme: »Sonja? Melanie ist weg.«
»Was?« Sie fuhr herum. Sie erkannte das vergitterte Fenster in der Tür, den Eimer, drei schattenhafte Gestalten. »Aber – wo ist sie denn? Was ist passiert?«
»Sie ist durch den Spiegel gegangen«, sagte einer der Schatten mit Darians Stimme und zeigte auf etwas, das auf dem Boden lag und matt glänzte. »Als ich aufwachte, habe ich nur noch etwas wie einen Blitz gesehen, und sie war weg.«
Sonja war wie vor den Kopf geschlagen. »Aber wir hatten doch besprochen, dass sie das nicht machen kann! Und sie hat gesagt, sie lässt uns nicht allein!«
»Du kennst doch Melanie«, sagte Elri. »Einfach nur herumsitzen und warten, dass etwas passiert – das ist nichts für sie. Und immerhin *kann* sie nach Hause gehen.«
»Ach was!«, sagte Lorin. »Ich glaube nicht, dass sie weggelaufen ist. Vielleicht versucht sie, Hilfe zu holen!«
»Aber wie? Wer kann uns hier denn helfen? Ben kann doch nicht einfach herkommen!«

Lorin zuckte die Achseln. »Ich weiß es nicht. Aber ich glaube eben nicht daran, dass sie uns im Stich gelassen hat.«
»Vielleicht kommt sie zurück«, sagte Darian, der an die Wand gelehnt neben Sonja saß. »Vielleicht aber auch nicht. Wir können nicht einfach auf sie warten. Hast du Veleria gesehen, Sonja?«
Hilfe! Wie sollte sie ausgerechnet ihm erzählen, was sie gesehen hatte? Aber es blieb ihr ja nichts anderes übrig! »Ich ... nein, ich habe Veleria nicht gesehen. Aber deine Eltern.«
»Meine Eltern!« Er richtete sich kerzengerade auf. »Wo? Was haben sie gesagt?«
»Gar nichts. Jedenfalls nicht zu mir. Sie waren in einem alten Haus ...« Und stockend, mit vielen Pausen, erzählte sie, was sie erlebt hatte. Am Schluss sagte sie unglücklich: »Es tut mir leid.«
»Es muss dir nicht leid tun«, antwortete Darian rau. »Aber mir tut es leid, dass ich so viel Zeit hier in Chiarron verschwendet habe, wenn sie nun doch an einem ganz anderen Ort sind!« Er sprang auf. »Wir müssen hier sofort raus!«
»Warte!«, sagte Lorin. »Wir sollten erst einmal versuchen, herauszufinden, was dieser Traum überhaupt bedeutet!«
»Was soll er schon bedeuten? Mein Vater ist krank, und meine Mutter will die Dämonen mit Feuer bekämpfen! Das ist alles!«
»Das wäre vielleicht alles, wenn Sonja es nicht geträumt hätte! Aber es muss mehr sein – eine Botschaft, eine Warnung, etwas, das –«
»Nimm's mir nicht übel, Lorin«, sagte Darian. »Aber wenn ich mir meinen Vater mit einem Gesicht aus Asche vorstelle, ist das für mich Botschaft und Warnung genug!« Er packte die Gitterstäbe des kleinen Fensters in der Tür und rüttelte heftig daran. Natürlich bewegten sie sich kein

Stück, und nach einigen wütenden Beschimpfungen musste auch Darian einsehen, dass es aus diesem Kerker keinen Weg hinaus gab.
Bis draußen ein leises Keckern ertönte. Etwas klirrte und schleifte über den Steinboden. Die Essensklappe wurde aufgeschoben, und ein gestreifter Schwanz erschien, gefolgt von einem pelzigen Hinterteil, und dann schob sich der ganze Suly rückwärts hinein, zerrte etwas hinter sich her und blieb stecken. Er stemmte die Pfoten gegen den Steinboden und zog aus Leibeskräften, kam aber nicht weiter.
»Suly!« Darian stürzte zu ihm und schob ihn beiseite. Er schob seine Hand durch die Klappe und packte das, was draußen quer steckte. »Ein Messer! Suly, du bist ein Held! Er hat ein Messer gefunden!«
Sie sprangen alle auf und scharten sich um ihn. Sonja hob Suly auf. Er schnurrte, schmiegte sich an sie und reckte das Kinn in die Höhe, um sich kraulen zu lassen, was sie natürlich auch tat. »Suly, du bist ein Schatz! Aber wie hat er es gemacht?«
Lorin grinste. »Gural Bandur muss es ihm beigebracht haben. Möglicherweise saß er selber schon öfter im Kerker. Darian, kannst du mit dem Messer etwas anfangen?«
»Wenn ihr mir ein bisschen Platz macht, ja.« Sie traten einen Schritt zurück, und Darian schob das Messer vorsichtig in den Spalt zwischen Tür und Fels. Die anderen schauten in atemloser Spannung zu. Sonjas Herz klopfte bis zum Hals. Flucht! Endlich raus aus der Dunkelheit! Sie konnte es gar nicht abwarten.
Zweimal rutschte das Messer mit einem scheußlichen Kratzen ab, und sie zuckten zusammen. Aber beim dritten Mal fand Darian Halt. Unendlich vorsichtig schob er das Messer nach oben und gab der Tür einen leichten Schubs.

Die Tür schwang auf.
Sie waren frei.
Am liebsten hätten sie alle getanzt und geschrien, aber sie wussten, dass die Gefahr noch lange nicht vorbei war. Sie schauten sich um. Sie befanden sich in einem kurzen Gang mit vier schweren Kerkertüren, beleuchtet von einer einzigen Fackel an der Mauer. Hinter einer Biegung führte der Gang nach oben; von dort hatte man sie hier heruntergeschubst. Am anderen Ende des Ganges befand sich eine steinerne Tür, die so alt und verwittert aussah, als sei sie mindestens tausend Jahre alt.
Darian schob das Messer in seinen Gürtel.
»Wie kommen wir jetzt raus?«, fragte Sonja. »Die Wege sind doch bestimmt alle bewacht!«
Er nickte. »Es gibt nur einen Weg – nach unten.« Er zeigte auf die steinerne Tür. »Kommt!«
Sie liefen zu der Tür. Darauf waren seltsame Muster eingemeißelt – Schnörkel, Linien und Schriftzeichen, die nicht einmal Lorin entziffern konnte. Nur eins erkannten sie ganz deutlich. Es befand sich genau in der Mitte: ein Wolfskopf, umgeben von einem Strahlenkranz. In der Schnauze des Wolfs war ein kleines Loch, wie für einen Stab oder einen Schlüssel.
»Und so«, sagte hinter ihnen eine Stimme, die so böse und niederträchtig klang, dass sich ihnen die Haare sträubten, »endet euer Weg.«
Sonja spürte, wie sich ihr Magen und ihr gesamtes Innenleben zu einem Klumpen zusammenzogen.
Sie *kannte* diese Stimme.
Ganz langsam drehten sie sich um.
Der Spürer stand am anderen Ende des Ganges. Er trug prächtige Kleidung aus rotem und goldenem Stoff und ei-

nen Umhang aus schwarzem Samt. Ein weißer Glanz umgab ihn, als ob er aus sich selbst heraus leuchtete. Ganz nebenbei bemerkte Sonja, dass er jetzt so überirdisch schön war wie die Elben in ihren Büchern. Nur seine Augen waren noch immer dieselben: grau und tot wie Stein, der nie von einem Troll berührt worden war.

Suly zischte böse, und sie musste ihn fest an sich drücken, damit er nicht von ihrem Arm sprang.

»Es gibt nur eine einzige Tür auf dem Weg in die gläserne Höhle«, sagte der Spürer. »Und den Schlüssel dazu habe ich.« Er lächelte böse. »Und jetzt ...«

Ihr ganzes Leben lang wusste Sonja nicht, woher sie den Mut nahm, das zu tun, was sie nun tat. Vielleicht war es auch gar keine Tapferkeit. Eine Stimme trieb sie vorwärts, ein lange vergangenes Entsetzen, ein verborgenes Wissen. Ohne nachzudenken, zog sie das Amulett heraus und rannte auf den Spürer zu. Er war zu verblüfft, um sie abzuwehren, riss nur die Hände hoch, und dann war sie schon bei ihm und drückte ihm das Amulett gegen die Brust.

Das Amulett leuchtete gleißend hell auf, und eine gewaltige Kraft schleuderte sie zurück. Der Spürer taumelte rückwärts, stieß gegen die Mauer und sackte zusammen. Ein Brüllen brach aus ihm heraus, das nicht die Stimme eines Menschen war, und sein Gesicht veränderte sich. Noch bevor Sonja begriff, was geschah, packte jemand sie an der Hand und zog sie zurück. Es war Lorin. »Sonja! Die Tür!«

Sie fuhr herum. Die uralte Tür bewegte sich, schob sich mit einem hässlichen Scharren über den Stein und schwang endlich ganz auf. Darian riss die Fackel aus ihrer Halterung an der Wand. »Kommt! Schnell!«

Sonja warf einen Blick zurück und wünschte sofort, sie hätte es nicht getan. Der Spürer lebte, aber er schien mit rasender Geschwindigkeit zu altern. Sein schönes Gesicht verfiel zu der weißen Fratze, die sie zuerst an ihm gesehen hatte, die goldblonden Haare wurden dünner und verschwanden, die Hände verkrampften sich zu Klauen. Zusammengekrümmt lehnte er an der Mauer. Aus seinem Mund strömte Nebel.

»Sonja!«, schrie Lorin. »Komm!«

Sie drehte sich um und rannte ihm nach. Sobald sie durch die Türöffnung liefen, zogen Elri und Darian die Tür mit aller Kraft zu. Mit einem Donnern, das durch den ganzen Berg hallte, schloss sie die Kinder und Suly in der Dunkelheit ein.

Ein unerwartetes Wiedersehen

Mit dreizehn Jahren durfte Melanie natürlich noch nicht in die Disco. Als behütete Tochter durfte sie noch nicht einmal die wöchentliche Party der Christlichen Teestube im Nachbardorf besuchen, weil ihre Mutter der Meinung war, dass dreizehnjährige Mädchen um neun Uhr im Bett zu liegen hatten.

Das hatte Melanie natürlich nicht daran gehindert, nachts aufzustehen, sich anzuziehen und aus dem Haus zu schleichen, um sich mit Nadine und Sabrina zu treffen. Sie hatten sich geschminkt und frisiert, Nadine hatte Melanie eins ihrer bauchfreien Tops geliehen, und so waren sie alle zusammen mit den Fahrrädern in die nächstbeste Disco gefahren. Natürlich waren sie nicht mit den Fahrrädern bis vor die Tür gefahren, das hätte doch zu dämlich ausgesehen. Sie hatten die Räder eine Straße weiter abgestellt und waren so lässig wie möglich zur Disco geschlendert.

Und genauso lässig hatte der Türsteher sie nach ihren Ausweisen gefragt und weggejagt, als er feststellte, dass sie keineswegs schon sechzehn waren. Wütend, beleidigt und enttäuscht hatten sie in der Nähe herumgestanden, dem wummernden Bass gelauscht und ab und zu, wenn die Älteren hineingingen oder herauskamen, einen Blick auf wie wahnsinnig flackernde Schwarzlichtlampen erhascht. Die Bewegungen der Tanzenden in diesem Licht sahen wie ruckelnde Diashows aus, und die drei Mädchen hatten

jeden heftigst beneidet, der die heilige Schwelle überschreiten und sich dem Chaos aus Höllenlärm, Flackerlicht, Schubserei und Tanz ausliefern durfte.
Jetzt steckte Melanie mittendrin. Sie wirbelte durch ein atemberaubendes Kaleidoskop von Farben, Klängen und Formen. Es gab kein Oben und kein Unten, überhaupt keine Richtung, nur das Gefühl des Fallens in eine unendliche Tiefe. Es war heiß und kalt und nass und stürmisch und weich und stachelig und alles zugleich, die Klänge brüllten in ihre Ohren, bis sie das Gefühl hatte, gar nichts mehr zu hören und durch tödliche Stille zu fallen – oder zu fliegen – oder zu tanzen. Sie war ganz allein, aber trotzdem tobte ein Sturm aus Geistern um sie herum, Federn und Feuer und Gestank und ein lieblicher Duft nach Sommer und Gras.
Verzweifelt versuchte sie, sich zu konzentrieren. Aber es war wie bei ihrem ersten Alleingang durch den Spiegel – es gab zu viele Möglichkeiten, zu viel Chaos und zu wenige greifbare Ziele. Das war doch verrückt! Bei der Flucht mit Beyash war sie einfach nur in den Spiegel gesprungen und beinahe sofort aus dem Spiegel der Reithalle herausgekommen! Warum ging das nicht, wenn sie kein bestimmtes Ziel hatte?
Raus, dachte sie. Ich muss hier raus! Aber das war genauso wirkungsvoll wie Brustschwimmen in einem reißenden Fluss – sie ging nicht unter, wurde aber erbarmungslos mitgerissen. Da geriet sie in Panik und schlug genauso um sich, wie sie es in einem reißenden Fluss getan hätte.
»Hilfe!«, schrie sie, obwohl da doch niemand war, der ihr helfen konnte. »Hilfe!«
Nichts. Alles zugleich. Wirbelnde Fetzen, Licht und Chaos, und immer wieder Federn. Melanie schrie und konnte sich

selbst nicht hören. Sie kniff die Augen zu, aber selbst das half nichts, das Chaos war auch in ihrem Kopf. Da wurde ihr klar, dass Asarié mit ihrer Warnung recht gehabt hatte. Die Geisterwelt war kein Ort für Menschen, schon gar nicht, wenn sie keine Ahnung hatten, was sie da eigentlich taten. Und noch etwas anderes wurde ihr klar: wenn ihr niemand half, war sie verloren. Sie würde innerhalb der nächsten fünf Minuten verrückt werden und bis in alle Ewigkeit durch die schreiende Leere wirbeln.

Aber da sah sie etwas, das nicht zum Chaos gehörte: ein weißes Licht wie von einem Stern. Und während alles andere wie wahnsinnig um sie herumtobte, sich drehte und ineinanderstürzte, blieb dieser weiße Stern fest und unverrückbar.

Nachtfrost, dachte sie, und für einen Moment wurde ihr ganz schwindlig vor Glück und Erleichterung. Er war in die Geisterwelt gekommen, um sie zu retten!

»Nachtfrost!«, schrie sie, und der Stern leuchtete weiter für sie und gab ihr ein Ziel. Wie sie sich selbst bewegte, wusste sie nicht, vielleicht war es eine Art Schwimmen, obwohl sie ihren Körper gar nicht spürte. Vielleicht bewegte sie sich auch gar nicht, und nur der Stern kam näher. Sie dachte nicht darüber nach. Sie zog sich immer näher heran, oder der Stern wurde immer größer, bis er die ganze Leere ausfüllte und das Chaos verdrängte, und dann warf sie sich mitten hinein.

Es gab einen lauten Krach, und dann stürzte sie aus einem Spiegel und landete schmerzhaft auf Händen und Knien auf etwas Hartem, das augenblicklich unter ihr zusammenbrach. Mit einem unglaublich lauten Klirren und Scheppern stürzten Flaschen, kleine Töpfe, Messer und Glasbehälter um sie herum zu Boden. Instinktiv rollte Melanie sich zusammen, kniff die Augen zu und riss die Hände hoch, um ihren Kopf zu schützen.

Als das Getöse aufhörte und nur noch einzelne Gegenstände über den Boden rollten, wagte sie es, die Augen aufzumachen und sich vorsichtig umzuschauen. Sie lag auf den Überresten eines Holztisches in einem Haufen zerbrochener Gegenstände. Hier und da lief eine dunkle Flüssigkeit über den Holzboden und tropfte in die Ritzen zwischen den uralten Brettern. Es gab noch weitere Tische in dem hohen, steinernen Raum, in dem sie gelandet war, aber sie achtete nicht darauf. Ihr Blick wurde von zwei Gestalten angezogen, die neben einem riesigen schwarzen Kessel standen und sie anstarrten. Es waren zwei uralte Frauen, die in vergilbten, ehemals weißen langen Kleidern steckten und offenbar genauso verblüfft waren wie Melanie selbst.

»Da brat mir doch einer ein Birjak«, sagte die rundlichere der beiden. »Ist das nicht unsere kleine Melanie?«

Die andere, ein hässliches, hageres Gespenst, stieß ein abruptes Lachen aus, und Melanie wurde es übel, als sie begriff, was passiert war.

Das waren Isarde und Idore, die Weißen Schwestern, die einmal versucht hatten, Nachtfrost zu töten und die Nebelbrücke zu zerstören. Und sie war ihnen geradewegs vor die Füße gefallen.

Entsetzt rappelte sie sich auf. Nur weg hier! Zurück durch den Spiegel, zurück ins Chaos, egal, nur weg! Aber noch bevor sie sich auch nur umgedreht hatte, standen schon beide Schwestern neben ihr und packten sie an den Armen. Melanie hatte nicht einmal gesehen, wie sie sich bewegt hatten.

»Nun, nun«, sagte Isarde in ihrer abscheulichen höhnischen Freundlichkeit, »nicht so schnell! Du willst doch nicht schon wieder gehen, wo du doch gerade erst angekommen bist?«

»Lasst mich los!« Melanie versuchte, sich dem Griff zu entwinden, aber die Hände griffen hart wie Schraubstöcke zu. Es tat weh, und sie gab ihre Gegenwehr auf. Was sollte sie jetzt nur tun? Warum hatte Nachtfrost sie hergebracht? Und – war dieser Stern wirklich Nachtfrost gewesen? Sie hatte es so fest geglaubt!

Die Schwestern führten sie aus dem Scherben- und Splitterhaufen heraus und drückten sie auf einen Schemel nieder. »Versuch nicht, wegzulaufen, kleine Melanie«, sagte Isarde mit einem richtig lieben Großmutterlächeln. »Du würdest nicht weit kommen. Und nun lass uns ein wenig plaudern. Wir freuen uns immer, unternehmungslustige junge Brückenwächterinnen zu treffen, die die Grenzen ihrer Macht erproben. Und das hast du ja getan, nicht wahr? Hast die Brücke unbewacht gelassen und bist auf Abenteuer gegangen? Hast dich unbesonnen in den Spiegel gestürzt, um auszuprobieren, wo du herauskommst?«

Melanie presste die Lippen fest aufeinander. Diesen alten Hexen wollte sie bestimmt nicht erzählen, dass sie gerade aus dem Kerker von Chiarron entkommen war! Und die Brücke war gar nicht unbewacht, Philipp war ja auch noch da. Aber auch das ging die Schwestern nichts an.

Isarde schien es ganz egal zu sein, ob Melanie ihre Fragen beantwortete oder nicht. Sie seufzte fast schwärmerisch. »Ach, wie gut ich mich an diese Zeit erinnere, als Idore und ich so unbesonnen waren wie ihr jungen Leute! Durch Raum und Zeit sind wir gereist, durch Spiegel gesprungen, durch die Häuser fremder Könige gelaufen ... obwohl wir nie einen ganzen Arbeitstisch zerbrochen haben, das nicht, nein.« Sie kicherte. »Das wird uns lehren, noch einmal einen Spiegel auf dem Tisch stehen zu lassen.« Dann straffte sie sich plötzlich. »Nun, kleine Melanie, es ist gut, dass du gerade jetzt vorbeikommst. Zuerst musst du natürlich die Unordnung aufräumen, die du hier angerichtet hast. Danach kannst du uns ein wenig zur Hand gehen.« Sie schaute in Melanies entsetztes Gesicht und verzog ihr Gesicht wieder zu diesem falschen Lächeln. »Keine Sorge, es wird nicht lange dauern. In fünfzig oder hundert Jahren kannst du schon wieder auf Entdeckungsreise gehen.«

Idore lachte wieder. Dieses Lachen hatte Melanie in manchen unerfreulichen Träumen heimgesucht – es klang wie das Meckern einer Ziege oder das Scheppern einer Büchse mit trockenen Erbsen, aber nicht wie ein menschliches Lachen.

Fast in Panik schaute sie sich im Raum um. Es war ein hohes rundes Gewölbe aus großen Steinblöcken, in dem sechs mit Gegenständen übersäte Holztische standen. An den Wänden ragten Bücherregale bis in den Schatten unter dem höchsten Gewölbebogen auf, aber sie enthielten keine Bücher, sondern Schriftrollen – tausende und abertausende, so schien es, alle wild übereinandergestapelt und in die Fächer gequetscht. An langen Ketten hingen ausgestopfte Tiere und Wesen, die Melanie sich nicht einmal in ihren verrücktesten Träumen ausgemalt hatte. Über allem hing der Geruch von Alter, Verfall, Staub, Motten, Fäulnis und Moder, den sie schon in der Hütte der Schwestern im Pilzwald kennengelernt hatte, nur war er hier noch viel stärker.

Fenster gab es: drei hohe, schmale Öffnungen, durch die Melanie den grauen Himmel und ein paar ferne Bergspitzen sehen konnte. Offenbar befand sich dieser Raum sehr hoch oben in einem Turm oder einer Burg.

Aber etwas fehlte in diesem Raum, etwas, das Melanie erst bemerkte, als sie danach zu suchen begann.
Es gab keine Tür.
Aber das bedeutete gar nichts. Sie hatte erlebt, wie diese beiden Hexen Ein- und Ausgänge nach Belieben veränderten oder verschwinden ließen.
Sie schaute Isarde und Idore trotzig an. »Ich bleib nicht hier. Und diesmal könnt ihr mich nicht zwingen, irgendwas für euch zu tun!«
Isarde kicherte. »Immer noch derselbe Trotz und Ungestüm. Und was ist mit dem Tisch, den du kaputtgemacht hast? Glaubst du nicht, dass du uns dafür etwas schuldig bist?«
»Nein, bin ich nicht! Ihr habt mich doch hierhergezogen – ich bin nicht schuld, dass euer blöder Tisch kaputt ist!« So unauffällig wie möglich schaute sie zu den Trümmern hin. Wo war der Spiegel? Das war jetzt ihre einzige Fluchtmöglichkeit. Sie musste weg hier, so schnell wie möglich, sonst konnte sie Sonja und den anderen nicht mehr helfen. »Also habt ihr ihn selbst kaputtgemacht. Ich schulde euch gar nichts!« Da war er, ein rötlicher Bronzespiegel, der hinter den Trümmern an der Mauer lehnte, als hätte er sich selbst dorthin gerettet, als der Tisch zusammenbrach. Wie sollte sie nur schnell genug dorthin kommen? Die Hexen konnten sich ja schneller bewegen, als sie gucken konnte!
Isarde schnalzte missbilligend mit der Zunge. »Aber wir haben dich doch gar nicht hergezogen, mein Täubchen, und wir wollen dich auch gar nicht zwingen. Wir bitten dich. Siehst du? Wir haben uns gebessert, seit wir aus dem Abgrund herausgekommen sind. Wir sind jetzt *beinahe* die Guten.«
»Ja, und mir wird gleich schlecht«, antwortete Melanie

grob. »Ihr wolltet Nachtfrost umbringen! Und ihr habt mich hergelockt!«

»Nachtfrost?« Isarde runzelte die Stirn und tat, als müsste sie überlegen, wer das eigentlich war. »Ach ja, das Tierchen. Nun, du musst verstehen, dass wir nicht anders handeln konnten. Aber wir wollen dir wirklich nichts Böses, kleine Melanie. Schließlich hast du uns von der Last befreit und trägst sie jetzt selbst. Das ist so edel von dir!«

»Ist es nicht, ich war nur bescheuert und bin auf euch hereingefallen. Und hör auf, mich ›kleine Melanie‹ zu nennen!« Sie stand auf. »Ich gehe jetzt!«

»Aber Melanie!« Jetzt sah Isarde plötzlich richtig traurig aus. »Du hast das ganz falsch verstanden. Es gibt nun einmal Gesetze in dieser Welt, denen wir unterworfen sind. Und da du hier bist, musst auch du dich ihnen unterwerfen. Sieh doch mal, ohne unsere Hilfe wärst du gar nicht aus der Geisterwelt herausgekommen, nicht wahr? Somit schuldest du uns ...«

»Also habt ihr mich doch hergezogen! Und ich schulde euch nichts!«

»Lass es, Isarde«, schnappte Idore plötzlich mit ihrer bösen, rauen Stimme dazwischen, die so klang, als hätte sie sie seit ihrem Verschwinden aus dem Pilzwald nicht mehr benutzt. »Diesem Mädchen kannst du nur durch Zwang beikommen. Störrisches, widerborstiges Gör! Egoistisch und eigensinnig! Stürzt sich aus Dummheit und Überheblichkeit selbst ins Unglück und weist alle zurück, die ihr helfen wollen! Du hast noch immer nichts gelernt! Nimm den Besen und fang an zu fegen, oder du wirst mich kennenlernen!«

Und plötzlich hatte Melanie einen Besen in der Hand. Und Idore verzerrte ihr hageres Gesicht zu einer so bösen Hexenfratze, dass Melanie entsetzt zurückwich und keinen

Widerspruch mehr wagte. Stumm, wütend und eingeschüchtert fing sie an, die Scherben zusammenzufegen. Immerhin kam sie auf diese Weise in die Nähe des Spiegels. Sie warf einen verstohlenen Blick auf die Schwestern, die sich wieder über ihren schwarzen Kessel beugten, aus dem es dampfte. Nur noch ein paar Schritte ... und da fiel ihr Blick auf das Fenster. Dort in der Öffnung, knapp außerhalb des Blickfeldes der beiden Hexen, leuchtete ein weißer Stern. Und darunter, geisterhaft und fast völlig durchsichtig, wie aus Glas, bäumte sich ein Wesen auf, dessen Anblick ihr den Atem verschlug.

Es war ein Einhorn, aber nicht Nachtfrost. Ihn hätte sie mittlerweile aus tausenden von schwarzsilbenen Einhörnern herausgefunden. Dieses Einhorn schien aus Luft und Licht gemacht zu sein, ein Windgeist, es war kleiner und zierlicher als Nachtfrost, aber ebenso perfekt. Es setzte die Hufe wieder auf – nicht auf den Boden, sondern einfach in die Luft, neigte den Kopf und schaute Melanie an.

Sie hätte am liebsten losgeheult. Wie konnte es etwas so Schönes geben? »Du hast mich hergeholt«, flüsterte sie, trat einen Schritt auf das Fenster zu und blieb stehen, als das Luftwesen vor ihr zurückwich und beinahe menschlich den Kopf schüttelte. Im nächsten Augenblick war es verschwunden, auseinandergeweht wie Nebel, und Melanie blickte aus dem Fenster und erkannte, wo sie war.

Vor dem Fenster ging es senkrecht nach unten in einen kreisförmig angelegten Hof mit einer hohen Wehrmauer. Und dahinter ging es noch weiter hinab, in eine Schlucht voller spitzer Felsen, die Melanie schon Angst eingejagt hatte, als sie sie auf dem Weg in den Kerker von Chiarron zum ersten Mal gesehen hatte.

Und das hieß, sie befand sich im Turm von Chiarron –

und die Weißen Schwestern auch! Bestimmt halfen sie dem Spürer bei der Eroberung des Landes! Ob Darian das wusste?

Jetzt, sagte eine Stimme in ihrem Kopf, hell und klar wie Glas.

In der nächsten Sekunde jagte das Windeinhorn an ihr vorbei auf den Spiegel zu, und Melanie schmiss den Besen weg und rannte hinter ihm her.

Harte Hände griffen nach ihr, versuchten sie zurückzureißen, aber sie zerrte sie mit und stürzte sich hinter dem leuchtenden Stern in den Spiegel.

Die Geisterwölfin

Es war Darian, der jetzt die Führung übernahm. Sonja war zu nichts zu gebrauchen, sie klammerte sich an Lorin fest und schlotterte am ganzen Körper vor Entsetzen darüber, was sie dem Spürer angetan hatte. Als sie ausholte, um das Amulett wegzuschleudern, packte der blonde Junge ihren Arm. Seine Augen funkelten im Licht der Fackel.
»Sonja«, sagte er, »es hat keinen Sinn, das Amulett immer wieder wegzuwerfen. Wir müssen da jetzt durch!«
»Aber –«
»Kein Aber!« Zum ersten Mal hörte sie in seiner Stimme die ganze Autorität des Herrschers, der er eines Tages sein würde. »Du weißt, dass ich recht habe. Kommt jetzt! Er wird bald wieder auf den Beinen sein, ob mit oder ohne Dämon, und er hat den Schlüssel zu dieser Tür!«
»Mit oder ohne Dämon?«, fragte Lorin überrascht. »Du meinst, der Dämon –«
»Hat ihn verlassen, ja.« Darian nickte. »Ich kannte den Spürer früher nur so, wie wir ihn eben gesehen haben. Er war alt und krank, als er in den Dienst meiner Eltern trat. Der Dämon hat ihn wieder jung gemacht; vielleicht war das der Handel, der ihn dazu gebracht hat, uns alle zu verraten. Aber darüber können wir später reden – jetzt müssen wir erst einmal von hier weg!«
»Ich gehe voraus«, sagte Elri und verwandelte sich.
Darian ließ Sonjas Arm los und schaute ihr ins Gesicht. »Geht's wieder?«

Es ging nicht. Ob gut oder schlecht, die Veränderung des Spürers war das Schrecklichste, was Sonja je gesehen hatte, und sie wusste, dass dieses Bild sie noch lange verfolgen würde. Und Melanie war verschwunden – das war beinahe noch schrecklicher. Nein, es ging ganz und gar nicht. Aber sie biss die Zähne zusammen und nickte.

»Dann los«, sagte Darian.

Im Schein der Fackel machten sie sich auf den Weg. Sonja hatte erwartet, in einer natürlichen Höhle im Berg zu stehen, aber der Gang war aus großen Steinblöcken gebaut und führte in einer sanften Biegung nach unten. In Augenhöhe eines Erwachsenen war ein gemustertes Band in die Steinblöcke eingemeißelt. Sie erkannte Einhörner, menschliche Figuren und Wölfe, aber auch viele andere, denen sie in den vergangenen Wochen begegnet war: Mayakó, Isiturri, Angehörige des Kleinen Volkes, Flussnixen, Windgeister und Wurzler. In einer langen Prozession schienen sie den Gang hinunterzuwandern, ein Heer stiller Begleiter, das sie wieder daran erinnerte, wie fremd und andersartig die Welt war, der sie zu helfen versuchte. Trotzdem fand sie es auch ein wenig tröstlich, sie um sich zu haben, auch wenn sie einen noch immer bitterlich vermisste. Wo war Nachtfrost? Warum hatte er sie alleingelassen? Würde sie ihn überhaupt je wiedersehen? Diese Reise war seltsamer als alle Reisen vorher; zum ersten Mal hatte Sonja wirklich das Gefühl, Dinge zu sehen, die vorher verborgen gewesen waren und die sich jetzt erst zu erkennen gaben. Mit Nachtfrost an ihrer Seite hätte sie sich sicher gefühlt, aber so konnte sie sich nur immer wieder an sein Versprechen klammern.

Du wirst den richtigen Weg wählen.

Alles wird gut.

Aber was würden sie tun, wenn der Spürer wieder zu sich kam, die Tür öffnete und sie verfolgte?
Es war ganz still hier unten. Sie hörten nichts außer dem Lodern der Fackel, dem Scharren ihrer Füße und dem Klicken von Elris Krallen auf dem Stein. Suly huschte lautlos vor ihnen her und keckerte nur manchmal.
Plötzlich hielt Elri vor ihnen an. Ein leichter Windstoß traf die Fackel, als Darian sie hochhielt, um besser sehen zu können. Vor ihnen teilte sich der Gang in drei weitere Gänge, die genau gleich aussahen und alle nach unten zu führen schienen.
»Wohin jetzt?«, fragte Lorin. Seine Stimme schwebte flüsternd durch die Gänge und kam von allen drei Seiten zurück.
Sonja hob nur die Achseln, sie wusste es auch nicht. »Was ist das hier überhaupt? Das ist doch kein Kerker?«
»Nein«, sagte Darian. »Es ist der Ort, auf dessen Überresten Chiarron gebaut wurde. Aber was es war ...« Er zuckte die Achseln. »Frag mal das Amulett, vielleicht weist es uns den Weg.«
Widerstrebend holte Sonja das Amulett wieder heraus. Der Spürer hatte recht gehabt, es war eine schreckliche Waffe. Es hatte ihnen immer wieder geholfen, aber sie hatte Angst vor seiner unkontrollierbaren Macht, vor der noch immer unbekannten Bedrohung für Lorins Leben und vor dem, was es Menschen wie dem Spürer antun konnte. Und jetzt sollte es mal wieder als zuverlässiger Kompass dienen, so wie damals, als sie Nachtfrost gesucht hatte und noch nicht ahnte, was auf sie zukam. Damals hatte sie es für ein etwas übertriebenes Schmuckstück gehalten und sich bei dem Gedanken, Magie anzuwenden, albern gefühlt.
Jetzt war Magie schon lange nichts Albernes mehr.

Sie hob die Hand mit dem Amulett hoch und drehte sich langsam im Kreis. Was suchten sie eigentlich? Einen Fluchtweg? Nein, sie suchten ja noch immer Darians Eltern! Irgendwo hier unten mussten sie sein, wenn Veleria sich nicht geirrt hatte. Obwohl Sonja sich nicht vorstellen konnte, wie das schäbige kleine Haus und eine gläserne Höhle zusammenpassen sollten. Außerdem war die Königin gar nicht mehr da, sie war fortgegangen, um ein Feuer zu rufen, vor dem der König sich fürchtete ... der König mit dem Gesicht aus Asche.

Nichts passte zusammen, die Bilder waren dunkel und bedrohlich, und Sonja verstand die Botschaft nicht, die ihre Träume ihr gegeben hatten.

Aber Nachtfrost hat gesagt, dass alles gut wird, dachte sie und hielt sich daran fest. Wir werden es schaffen. Wir *müssen* es schaffen!

Das Amulett wurde warm in ihrer Hand, und sie hielt an. Es zeigte in den mittleren Gang.

»Warte!«, sagte Lorin. Er nahm Darian das Messer ab, das Suly ihnen gebracht hatte, und ritzte mit einiger Mühe einen Pfeil, der in den rechten Gang wies, in den Stein.

»Wieso rechts, wenn wir doch geradeaus gehen?«, fragte Darian verwundert.

»Um den Spürer irrezuführen. Wir verlaufen uns schon nicht – wir haben doch das Amulett. Ich glaube, es führt uns genau dorthin, wo wir hingehen sollen.«

»Gut!«, sagte Darian anerkennend. »Hoffen wir, dass es wirkt. Kommt!«

Sie gingen weiter. Der Gang führte ein Stück geradeaus und teilte sich dann wieder. Erneut wies das Amulett geradeaus, und so gerieten sie immer tiefer in ein Labyrinth aus Gängen, immer begleitet von den stillen Heerscharen an den

Mauern. Wenn sie anhielten und lauschten, hörten sie nichts außer dem lastenden Schweigen der Steine. Ob der Spürer es aufgegeben hatte, sie zu verfolgen? Ganz bestimmt nicht. Aber vielleicht hatte er wirklich schon beim ersten Pfeil die falsche Abzweigung genommen.

Sonja war müde. Sie versuchte, sich zu erinnern, wie lange sie im Kerker geschlafen hatten, aber ihr Zeitgefühl war völlig durcheinandergeraten. Sie wusste nur, dass ihre Lider schwer wurden und ihre Füße immer häufiger über die Kanten der Bodenplatten stolperten.

»Können wir eine Pause machen?«, fragte sie kläglich.

»Noch nicht.« Besorgt betrachtete Darian seine Fackel, die schon weit hinuntergebrannt war. »Wenn wir hier in den Gängen kein Licht mehr haben, sind wir verloren. Wir müssen wenigstens aus dem Labyrinth heraus!«

»Aber was kommt danach? Glaubst du, du findest eine neue Fackel?«

»Ich weiß nicht. Ich versuche, mich zu erinnern, ob meine Eltern mir jemals etwas über diesen Ort erzählt haben, aber ich finde nichts ... Lorin, kannst du nicht den Wolfsgott fragen, was hier unten ist?«

Das vertrieb für einen Moment Sonjas Müdigkeit. Gespannt schaute sie Lorin an, der die Stirn krauste und nachdachte.

»Es gibt Geschichten«, sagte er endlich zögernd. »Es wurde erzählt, dass hier Geister leben.« Er schwieg, versuchte sich an etwas zu erinnern, das er selber nie gewusst hatte.

Sonja spürte, wie ihr eine Gänsehaut über den Rücken kroch. »Geister?«

Lorin nickte. »Und noch etwas ... die ... was für ein seltsames Wort! Die *Amnyada Manantaihe.*«

»Was heißt das?«

»Das ist ein Wort aus einer uralten Sprache. Es heißt …« Er schien zu lauschen. »Es heißt Vögel des Feuers … oder Vögel *aus* Feuer. Sie sind für das Feuer das, was Trolle für den Stein sind. Die innerste Seele des Feuers. Sie sind das Älteste Volk.«

»Ist das dasselbe wie ein Altes Volk?«, fragte Sonja beklommen. »Muss ich mit ihnen reden?«

»Ich weiß nicht, ob überhaupt jemand mit ihnen reden kann. Sie sind so alt wie die Welt selbst. Aber wenn jemand mit ihnen reden könnte –«

»Feuer«, sagte Darian plötzlich mit rauer Stimme. »Bei den Göttern! Das ist es, was meine Mutter gemeint hat!«

Erschrocken sahen sie ihn an. »Was?«

»In deinem Traum, Sonja! Du hast erzählt, dass meine Mutter das Feuer rufen wollte, weil das Wasser die Dämonen nicht besiegen kann! Sie will diese Vögel rufen! Das muss es sein!«

Lorin erstarrte. »Aber wenn sie das tut – Darian, wenn sie das tut, zerstört sie das Land! Niemand kann das Feuer aus der Tiefe beherrschen!«

»Woher weißt du das?«

»Das fragst du mich? Ich weiß nichts von dem, was ich sage – ich weiß nur, dass es wahr ist! Das Aschegesicht – der König ist das Land, Darian! Alles wird verbrennen!«

»Aber sie ist die Königin!«, rief Sonja. »Sie würde doch dem Land nicht schaden!«

Entsetzt starrten sie einander an. Suly keckerte leise, und Elri stieß ein kurzes, scharfes Bellen aus, das in den Gängen widerhallte.

»Du hast recht«, sagte Lorin, dessen Stimme noch zitterte. »Wir müssen uns beeilen.«

Niemand dachte mehr an eine Pause. Jetzt trieb eine dop-

pelte Angst sie vorwärts – nicht mehr nur die Angst vor dem Spürer hinter ihnen, sondern auch die Angst, zu spät zu kommen bei dem, was sie erwartete. Das Amulett wies ihnen den Weg, und als Darians Fackel erlosch, begann es aus sich heraus zu leuchten. Darian lachte, aber es klang bitter. »So, wir sind also wirklich auf dem richtigen Weg. Das hätte Aruna uns aber auch früher sagen können!«
»Sie hat es uns gesagt«, hörte Sonja sich zu ihrem eigenen Erstaunen sagen. »Durch Nachtfrost ... und diese Träume ... und die Erinnerungen des Wolfgottes ... und den Kerker. Wir haben es bloß nicht verstanden.«
Stumm gingen sie weiter. Suly hüpfte vor ihnen her, aber Elri hielt sich jetzt dicht bei Lorin, und er streichelte ihr im Gehen über das Fell. Sonja ging mit Darian voraus, hielt das Amulett wie eine Taschenlampe vor sich und folgte dem Band der Völker immer weiter in die Tiefe.
»Halt mal an«, flüsterte er plötzlich. »Dahinten ist Licht!«
Sie blieben stehen. Sonja ließ das Amulett sinken und schaute nach vorne in die Dunkelheit. Tatsächlich, dort konnte sie eine Mauerkante erkennen. Das Licht dahinter war nur schwach, es reichte gerade aus, um keine absolute Dunkelheit mehr zu sein.
Vorsichtig gingen sie weiter, und mit jedem Schritt wurde das Amulett in Sonjas Hand dunkler und das Licht vor ihnen heller. Und endlich traten sie aus dem letzten Gang der Halle und fanden sich an einem Ort, den keiner von ihnen sich je hätte vorstellen können.
Es war eine riesige Höhle, durchsetzt mit hunderten von Felsen und Felssäulen, die sich in schwindelerregende Höhen hinaufschwangen. Hoch oben wölbte sich das Höhlendach, doch es war nicht ganz geschlossen. Durch unzählige Löcher, Spalten und Risse fiel das Sonnenlicht in

Strahlen nach unten und tauchte die Höhle in ein Zwielicht aus Schatten und Gold. Der Boden war mit Sand bedeckt, an vielen Stellen wucherte seltsames Gestrüpp und wand sich an den Felsen hoch, und in der Mitte der Höhle lag ein See mit kristallklarem, völlig unbewegtem Wasser. Einige Säulen waren zerbrochen, und die Bruchstücke lagen als gewaltige Trümmer übereinander, waren überwuchert und verwittert.

»Das ist wunderschön«, flüsterte Sonja. Ihre Stimme wisperte über die Trümmer hinweg, verlor sich in der Ferne und kehrte wieder zu ihnen zurück. Die anderen nickten stumm.

»Seht mal!«, flüsterte Lorin. »Da sind Fußspuren!«

Er hatte recht. Vor ihnen führten zwei Spuren aus dem Gang, in dem sie selber standen, auf die Sandfläche hinaus. Darians Augen funkelten. »Das können nur meine Eltern gewesen sein. Kommt!«

Elri hob den Kopf, schnupperte und stieß ein leises Winseln aus. Sie trottete vorwärts auf den schimmernden Sand, und die anderen folgten ihr. Aber sie folgte nicht den Spuren. Sie trottete nach rechts, wurde schneller und verschwand zwischen den überwucherten Trümmern.

Sonja, Darian und Lorin folgten nun ihren Pfotenabdrücken, kletterten über Säulentrümmer mit mindestens einem Meter Durchmesser, zerkratzten sich die Hände an Ranken und Dornen und kamen schließlich auf eine freie Sandfläche, in deren Mitte Elri stand und auf einen dunklen Klumpen hinabschaute, der reglos vor ihr im Sand lag.

»Was ist das?«, flüsterte Sonja ängstlich.

»Es hat Fell«, begann Lorin und stockte. Seine Augen wurden ganz groß, und dann rannte er plötzlich hinkend los. Darian folgte ihm, Suly flitzte hinterher, und Sonja spürte, wie ihr Magen sich zu einem harten Klumpen zusammenzog. Sie folgte ihren Freunden und hielt an, als sie erkannte, was dort im Sand lag.

Es war eine große, schwarze Wölfin mit altersgrauer Schnauze. Sie lag auf der Seite, die Augen waren geschlossen. Sie schien keine Verletzungen zu haben und sah aus, als ob sie schlief. Aber sie war tot.

Sie hatten Veleria gefunden.

Und Sonja begriff, wo sie waren. Sie blickte nach oben und erkannte durch die klaffenden Spalten hoch über ihr den gigantischen Fels, auf dem in schwindelnder Höhe die Festung Chiarron stand. Irgendwo dort oben hatte sie einmal gestanden und das Amulett über den Abgrund gehalten, und wenn sie es losgelassen hätte, wäre es in die Tiefe gestürzt und hier unten, ganz in der Nähe, aufgeschlagen.

Sie blickte wieder die tote Wölfin an. Es fiel ihr schwer zu glauben, dass das wirklich Veleria sein sollte. Sie musste es sein – aber hatte Sonja sie nicht lebendig und gesund im Alten Land gesehen, dem Traumland jenseits der Zeit? Dort war sie, dort ging es ihr gut. Das hier, dieses schwarze Tier, war nur eine Hülle, die sie abgestreift hatte. Alles war in Ordnung ...

... warum hatte Sonja dann trotzdem plötzlich Schwierigkeiten, sie anzusehen, weil ihr Blick verschwamm?

Aber sie hatten keine Zeit, zu trauern oder auch nur etwas zu sagen. Elri riss plötzlich den Kopf hoch, ihr Fell sträubte sich, und sie stieß ein bedrohliches, tiefes Knurren aus. Suly zischte und verschwand in einem winzigen Spalt zwischen zwei übereinandergestürzten Säulen. Sonja, Darian und Lorin fuhren herum.

Dort, wo sie die Höhle betreten hatten, bildete sich Nebel.

Und etwas, das wie ein geisterhafter, durchscheinender Mensch aussah, glitt aus der Öffnung des Ganges. Es hielt kurz an, als sei es ebenfalls von dem Anblick der Höhle überrascht, aber dann wandte es sich nach rechts. Der Kopf mit dem nur angedeuteten Gesicht drehte sich nach rechts und links und ruckte dann plötzlich herum, obwohl die Kinder sich nicht gerührt hatten.

Es hatte sie entdeckt.

Darian zog sein Messer, und Sonja wusste nicht, ob sie ihn bewundern oder anschreien sollte, aber für beides blieb keine Zeit, denn der Geist, Dämon oder was es auch war setzte sich in Bewegung und glitt auf sie zu. Sie war wie gelähmt. Aber Darian gab ihr einen Stoß. »Sonja, Lorin! Lauft! Auf euch beide kommt es an – rettet euch!«

»Aber was ist mit –«, *euch*, wollte sie sagen, aber da waren Darian und Elri schon weg und rannten geradewegs auf das Wesen zu.

»Nein!«, schrie Sonja. »Greift es nicht an!« Eine Bewegung über dem See fing ihren Blick ein, und als sie dort hinschaute, sah sie die leuchtende Gestalt einer großen Wölfin, die auf den Geist zuraste. Veleria! »*Zur Seite!*«, schrie Sonja, und Elri und Darian sprangen im letzten Augenblick vor dem Nebelgeist zur Seite und stürzten an ihm vorbei. Er drehte sich um, und im nächsten Moment raste die Geisterwölfin wie ein Sturm über ihn hinweg. Der Nebelgeist wurde auseinandergerissen und verwehte, aber auch die Wölfin löste sich auf, wurde durchsichtig und verschwand.

Als sie alle wieder zusammentrafen, war Darian totenblass, und selbst Elri zitterte. »Das war knapp«, sagte der Prinz von Chiarron heiser. »Wisst ihr ... wisst ihr, was das für ein Geist war?«

Lorin und Sonja schüttelten die Köpfe. »Der Dämon, der

sich mit dem Spürer zusammengetan hat, oder?«, meinte Lorin.
»Das wohl auch«, sagte Darian. »Es war kein einfacher Dämon. Es war einer der Nebelkönige. Einer von denen, die den Nebel und die Dämonen und alles Unheil über Parva gebracht haben.« Er holte tief und zitternd Luft.
Sonja schluckte hart. »Aber jetzt ist er doch tot, oder?«
»Ich würde mich nicht darauf verlassen. Die ... die sterben nicht so leicht.« Er schaute zum See hin, aber dort war nichts mehr, und so kehrten sie alle zu der toten Tesca zurück. Sie warteten, aber die Geisterwölfin erschien nicht mehr, und endlich kniete Darian nieder und strich über das kalte Fell. »Danke«, sagte er leise.

Die Stadt im Berg

Es fiel ihnen schwer, weiterzugehen. Trotz des gerade überstandenen Schreckens, trotz der Angst vor dem Spürer und trotz der Notwendigkeit, Darians Eltern so schnell wie möglich zu finden, wollten sie die tote Wölfin nicht einfach so zurücklassen. Aber es blieb ihnen nichts anderes übrig. Still nahmen sie Abschied und konnten nur hoffen, dass Veleria auch jetzt noch im Alten Land auf sie wartete. Lorin fischte Suly aus seinem Versteck und streichelte ihn beruhigend, während sie die Höhle durchquerten und jetzt wieder den Fußspuren folgten, die zwei Menschen vor ihnen hinterlassen hatten.

Fast unmerklich ging die Höhle in eine ebenso riesenhafte Halle über, deren Wände und Decke von Menschenhand – oder zumindest von einem intelligenten Volk – bearbeitet worden waren. Acht steinerne Durchgänge führten von ihr weg; die Türen waren kunstvoll geschmiedete, verschlungene Metalltore. Nur ein Durchgang war frei. Die Überreste des Metalltores lagen in kleine Stücke zerfallen auf dem Boden und zerfielen endgültig zu Staub, als die Kinder hinüberstiegen.

Sie durchquerten einen langen, geraden Gang. Hier liefen auch wieder die Schmuckbänder an den Wänden entlang. Der Gang selber war nicht beleuchtet, aber das Licht aus der Säulenhalle wies den Kindern den Weg, und an seinem Ende schimmerte wieder Licht, obwohl er mit einem grünen Material zugewuchert zu sein schien.

Je näher sie dem Ende kamen, desto deutlicher sahen sie es. Es waren tatsächlich Pflanzen: Sträucher und Büsche voller Laub.
»Ich begreife das nicht«, murmelte Darian. »Es gibt keinen Wald so nahe bei Chiarron!«
»Wusstest du denn, dass es diese Säulenhöhle gibt?«, fragte Lorin.
Darian schüttelte nur den Kopf. »Ich habe sehr vieles nicht gewusst.«
Elri schnupperte, legte die Ohren an und stellte sie wieder auf. Dann verwandelte sie sich. »Vor uns sind irgendwelche Vögel. Eine ganze Menge.«
»Diese Vögel des Feuers?«, fragte Sonja erschrocken. Elri lachte kurz. »Nein, natürlich nicht! Dann stände hier alles in Flammen!«
»Oh.« Sonja fühlte sich ziemlich dumm, aber die anderen schienen es ihr nicht übel zu nehmen. Sie gingen weiter und erreichten den Ausgang, und wie zuvor in der Säulenhöhle blieb ihnen zuerst mal die Luft weg.
Vor ihnen lag ein riesiger Talkessel, nicht steil und tief, sondern weit wie eine flache Schüssel von mindestens zwei Kilometern Durchmesser, und in dieser Schüssel lag eine Stadt.
Oder zumindest die Überreste einer Stadt, über die ein Wald hinweggewachsen war. Sie sahen weiße Mauern und Türme, eingestürzte Häuser und dazwischen Bäume und Büsche, die auf den Steinen wuchsen, Dächer und Fenster durchbrochen hatten. Überall rankten sich efeuähnliche Gewächse an den Mauern empor. In der Mitte des Tales erhob sich eine riesige dunkle Felssäule mit mehreren Tunneleingängen.
Sonja wollte Darian gerade fragen, wie er eine solch große

Ruinenstadt hatte übersehen können, während er in Chiarron lebte, als ihr klar wurde, dass das Licht seltsam war. Es kam nämlich nicht von oben, sondern von allen Seiten. Und es war kein Tageslicht, sondern ein grünes Zwielicht, reflektiert von weißen Mauern, ausgestrahlt von tausenden grüner Juwelen, die sich wie ein Lichterkranz an den Felswänden um die ganze Stadt zogen. Sonjas Blick folgte den Wänden in die Höhe ... und höher ... und immer höher ... bis sie erkannte, dass das gesamte Tal unter einer gewaltigen Felsendecke lag. Oder waren es keine Felsen? Der Stein sah merkwürdig aus, schwarz und glänzend, ganz anders als die rauen Steinmauern, die sie bisher auf ihrem Weg durch diese unterirdische Welt gesehen hatte. Wie Sterne funkelten die Spiegelbilder der leuchtenden Juwelen aus der Höhe herab.

Und unter der schwarzen Steindecke kreisten weiße Vögel, hunderte oder tausende, eine ganze Wolke klumpig wirkender geflügelter Wesen, deren Schreie wie ein ferner Orkan klangen oder wie Chor, in dem tausend Stimmen tausend verschiedene Lieder sangen.

Da ertönte weit hinter den Kindern ein Ruf, gedämpft und verzerrt durch den langen Gang und kaum hörbar im Geschrei der Vögel. »Da sind sie!«

Entsetzt fuhren sie herum. Eine Gruppe von Männern lief durch den Gang auf sie zu, sechs schwarze Schatten vor dem fernen Licht. Ob der Spürer dabei war, konnten die Kinder nicht erkennen, aber sie warteten nicht ab, um es herauszufinden. Sie rannten den Abhang hinunter und in die Ruinenstadt.

Was nun folgte, war ein einziger Albtraum aus Rennen und Verstecken, Atemanhalten und Ducken, Hängenbleiben und Losreißen und Stolpern und Händeaufschürfen.

Elri verwandelte sich und sprang einem der Männer an die Kehle, während Sonja, Darian und Lorin davonrannten und sich in einen halb eingestürzten Keller zwängten. Sie hörten die Männer brüllen, Elri heulte auf, Darian fuhr hoch und schlug sich den Kopf blutig. Sie warteten in verzweifelter Angst, und als Elri zerzaust und hinkend zu ihnen unter die Steine kroch, umarmten sie sie, und Darian heilte die hässliche Schnittwunde an ihrer Schulter, bevor er auch nur daran dachte, sich um seine blutende Stirnwunde zu kümmern.

Sie hofften, so lange in ihrem Versteck ausharren zu können, bis die Männer aufgaben, aber sie hatten sich verrechnet. Ihre Verfolger entdeckten die Blutspur, die Elri hinterlassen hatte, und folgten ihr, bis sie die Ruine des Hauses fanden, unter der die Kinder und Suly sich versteckten.

»Was jetzt?«, fragte einer fast über Sonjas Kopf, und sie duckte sich in panischem Schrecken wie ein kleines Tier in den Schutt. »Bringen wir das Ding ganz zum Einsturz? Dann wären wir sie los.«

»Spinnst du?«, antwortete ein anderer Mann grob. »Der Spürer will sie lebend. Wir warten, bis er kommt.«

»Ist mir auch recht. Ich brauch 'ne Pause. Verdammter Wolf – hat mir fast den Hals aufgerissen!«

Elri knurrte böse, und Sonja sah, wie ihre Augen funkelten. Zum ersten Mal hatte sie Angst vor ihrer Freundin, aber auch vor Darian, der sein Messer an einem Stein schliff und die Schneide mit dem Finger prüfte. Lorin strich ihr über die Schulter, aber das war im Augenblick kein Trost. Sie hatte nicht gewusst, was für ein schreckliches Gefühl es war, gejagt zu werden.

Was konnte sie nur tun? Kämpfen konnte sie nicht – wenn

einer dieser Männer sie zu fassen bekam, konnte sie nur so laut schreien, dass ihm das Trommelfell platzte. Doch das würde ihr auch nicht helfen. Sie wusste nur eins – nie wieder würde sie irgendeinem Menschen das Amulett gegen die Brust hauen. Ganz egal, was mit ihr passierte.

War es wirklich egal? Würde sie das durchhalten? Oder würde sie doch vor Angst und Entsetzen etwas tun, für das sie sich ihr Leben lang hassen musste? Was würde sie tun, wenn es wirklich um ihr eigenes Leben ging? Konnte sie sich überhaupt verteidigen?

Und – was würde sie tun, wenn es um *Lorins* Leben ging? Um Elris? Darians?

Sie war so müde ... seit wie vielen Stunden waren sie jetzt unterwegs? Klar, dachte sie, ich schlafe jetzt auch bestimmt ein, wenn die Söldner praktisch auf mir sitzen.

Elri verwandelte sich wieder. Sie war zerkratzt und erschöpft. »Wir müssen hier raus«, wisperte sie ganz leise. »Wenn der Spürer kommt, ist es vorbei. Sonja, Lorin, es kommt auf euch beide an. Ihr müsst die gläserne Höhle finden und die Königin aufhalten und den gläsernen Schlot erreichen, was auch immer das ist. Darian und ich werden diese Leute von euch ablenken.« Sie warf Darian einen Blick zu, und er nickte. So ruhig und entschlossen, dass Sonja noch mehr Angst bekam. »Versucht, hier herauszukommen, und rettet Parva.«

»Ich glaube nicht, dass Aruna das so will«, sagte Lorin, und zum allerersten Mal hörte Sonja, dass seine Stimme zitterte. »Wir lassen euch nicht zurück.«

»Du Idiot!«, zischte Elri wütend und verzweifelt. »Ihr *müsst* gehen, begreif das doch!«

»Aber nicht ohne euch.«

»Sie hat recht«, sagte Darian leise. »Von uns beiden ist in

der Prophezeiung nur am Rand die Rede. Wir sind nicht so wichtig. Wichtig ist nur, dass ihr es schafft.«

»Nein! Vielleicht kann Veleria uns noch einmal helfen, oder Melanie –«

Da zischte Suly und sträubte sein Fell, bis er wie eine dicke Pelzkugel aussah. Aber der Anblick war nicht zum Lachen. Erschrocken schauten die Kinder ihn an und horchten.

Erst nach einigen Augenblicken begriffen sie, was sich verändert hatte: das Geschrei der Vögel hoch über ihnen war verstummt. Ein lastendes Schweigen hing über der Stadt.

»Da gefällt mir gar nicht«, flüsterte Darian.

Aber auch die sechs Männer draußen murmelten unruhig vor sich hin. Die Kinder versuchten, durch Spalten und Ritzen zu spähen, sahen aber nur Schutt, Gestrüpp und die Lederstiefel ihrer Bewacher. Angstvoll lauschten sie in die Stille, und mit jedem Herzschlag verstärkte sich das Gefühl, dass etwas sehr Unangenehmes auf sie zukam.

»Verflucht!«, stieß plötzlich einer der Männer hervor. »Was bei allen Dämonen machen die da?«

Niemand gab eine Antwort. Aber etwas veränderte sich. Ganz langsam, kaum merklich wurde es dunkler. Als ob die Juwelen in den Wänden aufhörten zu leuchten.

»Das ist unsere Gelegenheit!«, hauchte Darian. »Wenn es ganz dunkel ist, hauen wir ab!«

»Und wohin?«, flüsterte Lorin.

Wortlos zeigte Elri auf Sonja. Sonja begriff, was sie meinte. Sie zog das Amulett heraus und hielt es hoch, aber etwas an dem Schmuckstück fing ihren Blick ein.

Die Augen des schwarzen Wolfes, die vorher nur tote Edelsteine gewesen waren, loderten wie Feuer. Nein – sie *waren* Feuer, zurückgehalten nur durch eine dünne Schicht, die aussah wie Glas. Und diesmal wartete das Amulett auch nicht darauf, dass Sonja sich im Kreis drehte. Es zerrte ihre Hand herum und leuchtete auf, um dann wieder zu erlöschen.

»Was liegt in dieser Richtung?«, flüsterte Sonja.

Sie versuchten, sich zu erinnern. Endlich sagte Lorin: »Die Säule. Die schwarze Säule in der Mitte der Höhle.«

»Dann müssen wir dort hin.« Es war jetzt so dunkel, dass Sonja Darian nur noch an der Stimme erkennen konnte. »Jeder von uns schlägt sich irgendwie durch. Keiner wartet. Wir müssen es einfach schaffen!«

Sonjas Herz schlug bis zum Hals. »Aber –«

»Kein Aber«, wisperte Darian. »Ich gehe als Erster. Dann Elri. Dann ihr beide. Keine Angst, wir haben es bis hierher geschafft. Den Rest schaffen wir auch noch!«

Das war nicht das, was Sonja gemeint hatte. Aber sie wagte keinen Widerspruch mehr. So saßen sie in bangem Schweigen, bis es um sie herum stockfinster geworden war. Die Männer fluchten, stolperten herum und verwünschten sich gegenseitig,weil sie keine Fackeln mitgebracht hatten, und dann wisperte Darian: »Los geht's. Jeder zählt bis vier und kommt dann raus. Haltet euch daran, dann schaffen wir es!« Er schob sich an Sonja vorbei, zwängte sich durch den Spalt, durch den sie in den Kellerraum gerutscht waren, und war draußen. Sonja zählte stumm. Eins. Zwei. Drei. Vier. Fell schob sich an ihr vorbei; Elri hatte sich wieder verwandelt.

»Jetzt du«, hauchte Lorin.

Sie nickte stumm, obwohl er sie nicht sehen konnte. Zählte. Ihr Herz schlug so hart gegen ihre Rippen, dass es eigentlich durch das ganze Tal hallen musste. Lorins Hand berührte ihre Wange, als sie an ihm vorbeikroch. »Wir sehen uns wieder, *Yeriye*.«

Dann war sie draußen. Blind in völliger, absoluter Dunkelheit. Wie sollte sie da jemals den Weg zur Felssäule finden? Aber das Amulett wurde heiß in ihrer Hand, als hätte es die Geduld mit ihr verloren. Und plötzlich hörte sie in einiger Entfernung einen Ruf, der wie ein Messer durch die Finsternis schnitt.

»Elri, schnell!«

Das war Darian. Ein lautes Knurren antwortete ihm, und die Männer stürzten fluchend davon, und Sonja begriff endlich, was ihre besten Freunde taten, um sie zu retten. Sie hatten gar nicht vorgehabt, selbst die Felssäule zu erreichen; sie wollten nur, dass Sonja und Lorin es schafften. Alles in ihr schrie: NEIN! Aber das Amulett begann in ihrer Hand zu leuchten und zerrte sie vorwärts, weg von den Geräuschen und den wütenden Schreien, und sie hatte keine Wahl mehr; jetzt musste sie ihm folgen.

Durch hohes Gras, vorbei an Mauerresten und metergroßen Steinblöcken, die sich halb in den Boden gegraben hatten, durch Gestrüpp und Dornen. Das Licht des Amuletts riss Einzelheiten aus der Dunkelheit – einen zerfallenen Brunnen, einen mit Spiralen verzierten Mauervorsprung, ein Gitter aus Stein, der wie geflochten aussah, Bäume, immer wieder große weiße Motten, die ihr in den Weg flatterten. Sonja keuchte, ihre Füße taten weh, sie hatte Seitenstechen, aber sie lief weiter, das Amulett zog sie vorwärts, sie hatte zu viel Zeit vertrödelt, sie kam zu spät, und sie war so allein, dass es wehtat.

Ein Grollen erhob sich hinter ihr, etwas wie das Brüllen eines Löwen, aber viel lauter, es schwoll immer mehr an, bis der Boden unter ihr zitterte und ihre Ohren schmerzten. Schlagartig wurde es hell. Erschrocken schaute sie sich um und sah die unzähligen weißen Vögel um die Juwelenlich-

ter flattern, viele lösten sich vom Fels und flogen nach oben, und Sonja begriff, was sie getan hatten. Sie hatten die Juwelen mit ihren Körpern zugedeckt und dadurch das Licht gelöscht.
Durch Zufall? Oder hatten sie es absichtlich getan, um ihr und den anderen zu helfen? Sie wusste es nicht und hatte keine Zeit, um dankbar zu sein. Das Amulett leuchtete nicht mehr, aber es zerrte sie wieder vorwärts. Die riesige Felssäule erhob sich vor ihr, kam noch hundert Meter entfernt, und Sonja erkannte Stufen, die nach oben führten. Sie rannte weiter. Wo war Lorin? Was war mit Elri und Darian passiert? Steckte Suly noch immer in dem Keller?
Plötzlich hörte das Zerren auf. Vielleicht hatte das Amulett festgestellt, dass jetzt kein Zwang mehr nötig war. Oder? Sonja hielt an, japste und schnaufte und entdeckte ganz in der Nähe ein halb verfallenes Haus mit einer Holztür. Und die Tür öffnete sich. Mit einem misstönenden Knarren schwang sie auf, und ein Mann trat heraus.
Sie erkannte ihn sofort, mit einem Schock, der sich fast wie ein elektrischer Schlag anfühlte. Es war der kranke Mann aus ihrem Traum. Das Aschegesicht, Darians Vater, König Ghadan.
Aber er hatte gar kein Aschegesicht, sondern ein ganz normales Männergesicht mit einem Stoppelbart und müden Augen. Krank sah er noch immer aus, und als er sich schwer gegen den Türrahmen lehnte, wusste sie, dass es ihm noch genauso schlecht ging wie in ihrem Traum.
»*Yeriye* Sonja«, sagte er mit der tiefen, heiseren Stimme, an die sie sich erinnerte. »Ich wusste, dass du kommen würdest.«
Dann sackte er auf der Türschwelle zusammen.

Zwischenspiel

»So, Herr Arvin oder wie auch immer Sie sich nennen«, sagte Melanies Mutter. »Ich frage Sie das jetzt zum letzten Mal. Wo ist meine Tochter?«
»Ich kann Ihnen leider nur dasselbe sagen, was ich Ihnen schon fünfmal gesagt habe«, antwortete Ben. »Sie ist mit Sonja unterwegs und wird zurückkommen, sobald die Aufgabe erledigt ist.«
»Aber Sie wollen uns weder sagen, was das für eine Aufgabe ist, noch, wo die beiden hin sind«, sagte Sonjas Mutter. »Ich war von Anfang an dagegen, dass sie irgendetwas mit diesem Hof zu tun haben! Und ich hatte recht!«
»Mama«, sagte Philipp entnervt. »Ich habe dir doch gesagt, dass es nichts Schlimmes ist! Ich kenne Ben! Er hat Sonja *geholfen*!«
»Er hat sie und Melanie mit einem unberechenbaren Rennpferd irgendwo ins Gelände geschickt!«, fauchte Frau Vittori. »Und ohne Helm, der liegt nämlich dahinten auf einem Strohballen! Das ist unverantwortlich! Hören Sie, wenn den Kindern etwas passiert ist, sind Sie dran! Und Sie genauso!« Das ging an Philipp.
»War ja klar, dass Sie versuchen, mich mit reinzuziehen«, sagte Philipp. »Ihrer kostbaren Melanie ist nichts passiert, die reitet glücklich auf irgendeinem Hottehü durch irgendeinen Wald und kommt bald zurück. Wie oft sollen wir das noch sagen?«
»Es ist mir egal, wie oft du es sagst«, sagte sein Vater wütend. »Ich sage dir nämlich auch was. Wenn Sonja nicht in

zwei Stunden heil und gesund hier auftaucht – und Melanie auch –, dann rufen wir die Polizei! Ich weiß nicht, was dieser saubere Herr da ausgeheckt hat, und ganz bestimmt will ich nicht wissen, warum du ihn auch noch unterstützt, aber wenn dir die Sicherheit deiner eigenen Schwester egal ist, dann wirst du mich kennenlernen!«

Philipp schaute Ben an. »Hast du irgendeine gute Idee?«

»Dutzende«, gab Ben zurück. »Aber keine davon löst unser Problem.« Er seufzte und schaute die beiden wütenden Elternpaare an. »Vielleicht kommen Sie erst einmal mit ins Haus.«

»Ins Haus?«, fragte Philipp entgeistert. »Aber da sind –« Er unterbrach sich im letzten Moment und hängte ziemlich unüberzeugend an: »– sie doch nicht!«

»Das stimmt«, erwiderte Ben. »Aber ich finde es nicht sehr gemütlich, hier im Hof zu stehen und mich anbrüllen zu lassen – das geht drinnen genauso gut, und da ist es wenigstens warm.«

Er drehte sich um und ging zum Haus. Misstrauisch und verärgert folgten ihm die Eltern. Philipp blieb nichts anderes übrig, als mitzugehen, wenn auch sehr besorgt. Was sollten sie jetzt machen? Was hatte Ben vor? Hatte er überhaupt etwas vor oder versuchte er, Zeit zu gewinnen? Diese ganze Geschichte geriet immer mehr außer Kontrolle. Philipp traute Melanies Mutter mühelos zu, mit einer ganzen Hundertschaft von Polizisten zurückzukommen und Ben das Leben zur Hölle zu machen. Und seine Eltern hatten jetzt zwei Nächte kaum geschlafen, und er hatte nichts sagen und sie nicht beruhigen können. So konnte es nicht weitergehen.

Und jetzt führte Ben die ahnungslosen Eltern ins Haus einer Hexe. Ein Haus, in dem Schatten und Alraunen und

Gespenster hausten, Spiegel und Türen in fremde Welten führten und niemand wusste, was im Keller lauerte, weil nicht einmal Ben so wahnsinnig war, dort hinunterzugehen.

... Oder?

Was wusste er eigentlich über Ben? Gar nichts, wenn er ehrlich war. Er hatte nur erzählt, dass er ein Beobachter war – aber das war das, was er *tat*, nicht das, was er war. Dafür, dass er so unheimlich viel zu wissen schien, hatte er bisher verdächtig wenig wirklich getan. Philipp stellte fest, dass er keine Ahnung hatte, wozu Ben fähig war. Er konnte mit einem Feuerschwert gegen Dämonen kämpfen und Menschen für kurze Zeit verhexen, und ungerufen kamen Philipp plötzlich ein paar vor geraumer Zeit ausgesprochene Worte in den Sinn.

Warum sind Schmerzen für euch Menschen ein Beweis für Ehrlichkeit, Worte aber nicht?

Für euch Menschen ...

War Ben denn kein Mensch?

Menschlich genug sah er doch aus, als er nun in seinem alten Pullover und den abgetragenen Jeans an der Tür zum Haus stand und sie aufschloss.

Er wird es nicht tun, dachte Philipp. Er ist auf unserer Seite. Er wird *keine* Dämonen rufen und sie auf unsere Eltern hetzen.

Trotzdem fröstelte er, als er das Haus betrat, und das lag nicht nur daran, dass es seit Wochen kaum geheizt wurde. Im Wohnzimmer zog Ben die Rolladen hoch und wies auf das weiße Ledersofa. »Bitte nehmen Sie Platz. Möchten Sie etwas trinken?«

»Nein, danke«, sagte alle vier gleichzeitig. Philipp musste grinsen, aber das Grinsen verging ihm, als Melanies Vater

das Sofa anschaute und sagte: »Da sind Blutflecken an der Seite.«
Schlagartig wurde es sehr still. Philipp erinnerte sich an einen Tag vor mehreren Monaten, als er auf diesem Sofa gelegen hatte, blutend und halb bewusstlos nach dem Angriff riesiger Geistervögel. »Das war ich«, sagte er so lässig wie möglich. »Ihr wisst doch noch – ich bin irgendwann im Winter hingeflogen und hab mir eine Rippe angeknackst. Das da stammt von der Schürfwunde am Arm.«
»So«, sagte sein Vater sehr steif. »Dann werden wir den Schaden an dem Sofa selbstverständlich bezahlen. Herr Arvin, wenn Sie mir sagen könnten, was eine Reinigung oder ein Neubezug kostet …«
»Ich werde nichts dergleichen tun«, sagte Ben freundlich. »Das Sofa ist unwichtig. Ich –« Er brach ab. Über ihren Köpfen im ersten Stock krachte und rumpelte es, und jemand schrie auf. Durch Beton und Türen gedämpft, aber trotzdem deutlich hörbar. »Ihr scheußlichen alten Hexen, nehmt eure Hände weg! Ich muss sofort zurück!«
»Melanie!«, schrie Frau Vittori und rannte wie von einem Pfeil abgeschossen zur Tür. Ihr Mann folgte ihr etwas langsamer. Ben hatte noch keinen Schritt auf die Tür zu getan, als er schon bäuchlings auf dem Boden lag. Philipps Vater kniete über ihm, drückte ihm ein Knie in den Rücken und drehte ihm einen Arm nach hinten. »Philipp«, sagte er. »Ruf die Polizei.«
»Papa, bist du verrückt geworden? Er hat nichts getan! Lass ihn los!«
»Ich denke nicht daran! Er hat behauptet, Sonja und Melanie wären irgendwo unterwegs! Und jetzt ist Melanie da oben! Los, reden Sie! Wo ist unsere Tochter?«
»Lassen Sie mich aufstehen«, sagte Ben gepresst. »Wenn

Melanie da oben ist – und nicht allein –, dann haben wir ein Problem.«
»Nein, Sie bleiben schön lie–«
Eigentlich war es unmöglich, sich aus so einer Stellung zu befreien. Der ganze Körper war lahmgelegt, und man konnte nur abwarten, bis man freigelassen wurde.
Aber Ben warf sich plötzlich herum und schnellte hoch wie eine Katze. Philipps Vater taumelte rückwärts, und als tugendhafter Sohn fing Philipp ihn geistesgegenwärtig auf.
»Kommen Sie!«, sagte Ben nur und eilte zur Tür.
Die Eltern wechselten entgeisterte Blicke und hasteten ihm nach, gefolgt von Philipp.
Oben in Asariés Schlafzimmer aus edlen weißen Möbeln und kostbaren Stoffen bot sich ihnen ein erstaunlicher Anblick. Vor einem offenen Schrank, in dem sich ein riesiger Spiegel befand, standen zwei alte Frauen in zerlumpten, vergilbten Kleidern und schauten interessiert zu, wie Melanie, die fast ebenso zerlumpt und verdreckt aussah, sich mit Händen und Füßen gegen ihre Mutter wehrte, die sie am Arm gepackt hatte und zur Tür zu ziehen versuchte.
»Lass mich los! Ich muss zurück! Ich kann nicht hierbleiben!«
»Du kommst jetzt mit nach Hause! Augenblicklich! Und das war das allerletzte Mal, dass ich dir erlaubt habe, mit dieser Verbrecherbande herumzuhängen! Melanie!«
Aber Melanie riss sich los und wich zum Spiegel zurück. Mit wilden Augen starrte sie ihre Eltern, Ben und Philipp an. »Ich kann nicht! Die Zeit vergeht zu schnell – ich muss zurück! Ben! Erklär es ihnen! Bitte! Oh – und Ben, wir haben einen Händler namens Gural Bandur getroffen, und er lässt dir sagen, dass irgendwelche Ältesten dich um irgendeinen Rat bitten!«

Und sie drehte sich um, stürzte sich in den Schrank und verschwand vor den Augen ihrer entsetzten Eltern im Spiegel.
Eine Weile herrschte Stille. Dann ging Melanies Vater ganz langsam zum Schrank. Er schaute sein bleiches Spiegelbild an, strich mit den Fingern über die Glasfläche und schaute stumm in sein eigenes Gesicht, als versuche er, irgendwo dahinter seine Tochter zu entdecken. Endlich drehte er sich um und schaute Ben an.
»Benarvin«, sagte Isarde mit zuckersüßer Stimme, »möchtet Ihr uns nicht vorstellen?«
»Natürlich.« Bens Gesicht sah aus wie aus schwarzem Stein. »Dies sind Melanies Eltern, Herr und Frau Vittori. Und Sonjas Eltern, Herr und Frau Berger. Und Philipp, Sonjas Bruder. Und diese beiden Damen sind Isarde und Idore, die Weißen Schwestern. Ehemalige Wächterinnen der Nebelbrücke. Hexen, Wahnsinnige, Wahrsagerinnen und Lügnerinnen. Manchmal fangen sie gegen Geld intelligente Wesen ein und kerkern sie für einige Jahrhunderte ein, meistens sind sie aber damit beschäftigt, Gifte und mörderisches Hexengebräu herzustellen.«
Isarde lächelte geschmeichelt und verneigte sich. Idore stand steif wie ein Stock da und funkelte Ben hasserfüllt an.
»Und wissen sie auch, wer Ihr seid, Hexenmeister und Schöpfer der Nebelbrücke? Wissen sie, dass Ihr derjenige seid, der ihre Kinder in Lebensgefahr gebracht hat, um ein sterbendes Land zu retten?«
Alle Blicke richteten sich auf Ben.
Schöpfer der Nebelbrücke?, dachte Philipp. Aber das ist doch Blödsinn. Die Hexen haben sie tausend Jahre lang bewacht – gut, so sehen sie auch aus. Aber das hieße ja, dass Ben ... *wie* alt ist?

»Ich habe lediglich den *Taithar* ausgeschickt«, antwortete Ben sehr ruhig. »Gehen wir hinunter.« Er schaute die Eltern an. »Ich werde Ihnen alles erzählen.«
»Ausgezeichnet«, sagte Isarde fröhlich. »Und für uns ein Fläschchen Schnaps, wenn's beliebt.«

»Darf ich das einmal zusammenfassen«, sagte Herr Vittori etwas später in seinem sorgfältigen, leicht italienisch eingefärbten Deutsch, als sie unten im Wohnzimmer saßen und Isarde und Idore das Haus erforschten. »Sonja befindet sich in einer anderen Welt, reitet auf einem weltenwechselnden Einhorn und ist dazu auserkoren, einen Bösewicht zu besiegen, der sich mit Dämonen verbündet hat. Und unsere Tochter Melanie kann durch Spiegel in eine Geisterwelt reisen und hat von diesen beiden – ahem – Damen den Auftrag bekommen, den Weltenwechselzauber zu überwachen, damit diese Dämonen nicht plötzlich hier auftauchen. Sehe ich das weitestgehend richtig?«
»Es ist ein wenig vereinfacht«, sagte Ben, »aber es kommt ungefähr hin, ja.«
»Und Sie erwarten allen Ernstes, dass wir das glauben?«
»Nun ... Sie haben den Spiegel gesehen.«
»Den Spiegel, ja. Aber was dahinter liegt, wissen wir nicht. Dafür haben wir nur Ihr Wort.«
»Das ist alles krimineller Schwachsinn!«, sagte Melanies Mutter wütend. »Zauberspiegel! Einhörner! Magie! Für wie unintelligent halten Sie uns eigentlich?«
»Ich halte Sie keineswegs für unintelligent, Frau Vittori. Ich bin über diese Vermischung unserer Welten auch nicht besonders glücklich. Magie kann sich in Ihrer Welt genauso verheerend auswirken wie Technologie in unserer.«
»Augenblick mal, Herr Arvin«, sagte Philipps Mutter. »Die

eine dieser beiden Damen – die dünnere – nannte Sie doch den ›Schöpfer der Nebelbrücke‹. Dann sind Sie doch für dieses ganze Chaos verantwortlich!«

»In gewisser Weise ja«, antwortete Ben ruhig. »So verantwortlich wie jeder Brückenbauer, der den Befehl erhält, eine Verbindung zwischen zwei Orten zu schaffen. Aber ich hätte mich dem Befehl verweigert, wenn ich nicht gewusst hätte, dass die Kinder – wer auch immer sie sein würden – auf ihrer Reise unter Nachtfrosts Schutz stehen würden.«

»Nachtfrost«, sagte Philipps Vater und lachte plötzlich. »Und wie heißen die anderen Einhörner in Ihrer Welt? ›Glatteis‹? ›Überfrierende Nässe‹? Das ist ja der reinste Wetterbericht da bei Ihnen!«

Ben lächelte ein wenig, antwortete aber nicht.

»Ich finde Ihren albernen Humor äußerst unangebracht, Herr Berger!«, sagte Melanies Mutter.

»Ich nicht«, sagte Philipps Vater. »Diese ganze Situation ist doch absurd. Und irgendwie habe ich das Gefühl, dass es nichts nützen würde, Herrn Arvin in die Klinik zu bringen und ihm eine Zwangsjacke zu verpassen. Davon kommen die Kinder auch nicht früher wieder.« Er schaute Ben an, und jetzt lachte er nicht mehr. »Hat es einen Sinn, wenn wir hinter ihnen herreisen?«

»Klaus!«, sagte die Mutter entgeistert. »Hast du den Verstand verloren?«

»Durchaus nicht. Ich weiß nur nicht, was wir *tun* sollen. Es kann ja keine Lösung sein, Philipps seltsamen Freund hier unter Wahrheitsdrogen zu setzen.«

»Er sagt schon die Wahrheit.« Philipp hatte eigentlich stumm bleiben wollen, aber nun hielt er es doch nicht mehr aus. »Jedes Wort ist wahr.«

Alle vier Eltern schauten ihn an, und sein Vater seufzte.

»Auch du, mein Sohn ... woher willst du das denn überhaupt wissen?«
»Ich war von Anfang an dabei. Und ihr habt doch den Spiegel gesehen, oder? Schön. *Ich* habe das Einhorn gesehen.«
»So, jetzt reicht es mir.« Frau Vittori stand auf. »Ich höre mir diese – diese Ungeheuerlichkeiten keine Sekunde länger an! Komm, Enrico! Herr Arvin – oder wie auch immer Sie heißen mögen –: Packen Sie schon mal das Nötigste zusammen, was Sie in der Untersuchungshaft benötigen, denn da werden Sie in spätestens einer Stunde sitzen!«
Sie marschierte zur Tür – und prallte fast mit Isarde und Idore zusammen, die dort standen und das Gespräch offenbar schon ein paar Minuten verfolgt hatten.
»Aber, aber«, sagte Isarde lächelnd. »Wer wird denn gleich so aufbrausen! Ich glaube, eine kleine Pause wird Ihnen guttun, meine Liebe. Dann können Sie noch einmal in Ruhe über alles nachdenken.«
»Nein!«, rief Ben, aber es war schon zu spät. Isarde schnippte mit den Fingern, und Frau Vittori erstarrte mitten in der Bewegung.
»*Madonna mia*!«, rief Herr Vittori entsetzt. »Beate!«
»Schluss damit!«, brüllte Ben. Philipp hatte ihn noch nie wütend erlebt, und jetzt sträubten sich ihm die Haare. Selbst die beiden Hexen duckten sich. »Isarde, wenn du das noch einmal tust, verbringst du die nächsten tausend Jahre als Kröte in einem Pfuhl, ist das klar? Mach es rückgängig!«
»Ich wollte nur helfen«, murmelte die alte Frau eingeschüchtert und bewegte die Hand. Frau Vittori erwachte aus der Erstarrung, keuchte, fasste sich an die Brust und taumelte. Ihr Mann fing sie auf und hielt sie fest.
»Wir haben jetzt zwei Möglichkeiten«, sagte Ben. Seine Au-

gen funkelten. »Entweder wir setzen uns noch einmal hin und besprechen die Angelegenheit, ohne Amok zu laufen. Oder ich ziehe einen Teil meiner Kraft aus der Nebelbrücke heraus und verpasse Ihnen allen einen Zauber, der Sie vergessen lässt, dass Sie überhaupt jemals Töchter hatten. Sie haben die Wahl!«

Isarde schnüffelte beleidigt. »Komm, Idore, wir sehen uns den Keller an. Hier sind wir überflüssig!«

Sie verschwanden.

Einen Moment lang herrschte Stille. Endlich sagte Philipps Mutter sehr ruhig: »Ich könnte einen Kaffee vertragen, Herr Arvin.«

Am Abend standen Ben und Philipp im Hof und sahen zu, wie die beiden Autos abfuhren. Philipp streichelte Kiribu, der sich an sein Bein schmiegte.

Als das letzte Brummen der Motoren verklungen war, drehte Ben sich um und machte sich wortlos auf den Weg zum Stall. Philipp schaute zum Haus hinüber, in dem sich Isarde und Idore gemütlich einrichteten. Alle Fenster waren hell erleuchtet, und die Hexen machten sich einen Spaß daraus, sämtliche elektrischen Geräte ein- und auszuschalten. Nach so langer Zeit der Stille wusste Philipp nicht, ob er sich daran gewöhnen würde, dass das Haus jetzt wieder bewohnt war.

Er folgte Ben in den Stall. Allmählich gewöhnte er sich sogar an den Geruch nach Stroh, Leder und Tieren und fand ihn ganz angenehm. Der schwarze Mann fütterte sämtliche Pferde, holte einen Stuhl und eine Decke aus seiner winzigen Stallwohnung und trug sie zu Ostaras Box. Die trächtige Stute schnaubte ihm entgegen, ließ sich streicheln und tauchte dann wieder das Maul ins Heu. Philipp verstand nichts von Pferden, hatte aber den Eindruck, dass sie ganz glücklich war, Ben in der Nähe zu haben. Er sah zu, wie Ben sich auf den Stuhl setzte und mit geschlossenen Augen rücklings gegen die Wand lehnte.

»Hexenmeister«, sagte er.

»Mhm«, machte Ben, ohne die Augen zu öffnen.

»Schöpfer der Nebelbrücke.«

»Mhm.«

»Was noch?«

»Kommt darauf an, was du wissen willst.«

Philipp lehnte sich ihm gegenüber an die Stallwand. Aus den Boxen der Pferde kamen die ruhigen Geräusche zufrieden fressender Tiere, und ganz langsam spürte er, wie seine Anspannung nachließ.

»Das war eine ziemlich beeindruckende Vorstellung im Haus«, sagte er. »Ich hätte nie gedacht, dass du sie überzeugen kannst, noch abzuwarten. Vor allem diese Zicke Vittori. Hättest du sie nicht einfach als Salzsäule da stehen lassen können?«

»Sie macht sich Sorgen«, antwortete Ben. »Sie hatte jedes Recht, sich aufzuregen. Wir gehören nicht in eure Welt. Magie bewirkt hier nur Chaos, sonst nichts. Aber es musste sein.«

»Schön«, sagte Philipp. »Aber da ist etwas, das nicht zusammenpasst. Du hast Sonja erzählt, dass du die Nebelbrücke beobachtet hast und Asarié gefolgt bist, als sie sich hier niederließ. Du sagtest auch, du hättest nicht gewusst, dass Nachtfrost und Darian herüberkommen würden. Aber wenn die Nebelbrücke der Zauber ist, mit dem die Einhörner von einer Welt in die andere wechseln können, und du diesen Zauber geschaffen hast, musstest du doch wissen, was Nachtfrost tun würde!«

»Nein«, sagte Ben. »Ich habe die Nebelbrücke lange vor Nachtfrosts Geburt geschaffen. Es hat schon vor ihm Einhörner gegeben, die durch die Welten zogen und sie wieder verließen. Sie werden in den Zauber hineingeboren, in jeder Generation auf der ganzen Welt nur eins.«

»Hm«, machte Philipp. »Wie mächtig muss man sein, um so einen Zauber zusammenbasteln zu können?«

Ben lächelte ein wenig und schüttelte den Kopf.

Eine Weile schwiegen sie.

»Warum hast du die beiden Hexen nicht sofort wieder zurückgeschickt?«, fragte Philipp endlich.

»Weil sie uns helfen können.« Jetzt öffnete Ben die Augen. »Sie werden Asarié geschäftlich vertreten und sich um die Wesen im Haus kümmern. Und das ist das Beste, was uns passieren kann. Solange ...« Er zögerte.

»Solange?«, fragte Philipp.

Ben schaute ihn an und grinste schief. »Solange sie sie nicht auf uns hetzen. Du erinnerst dich – die Weißen Schwestern sind nicht wirklich ... *nett*.«

Wenig später setzten bei Ostara die Wehen ein. Philipp wollte eigentlich schleunigst abhauen, aber dann blieb er doch, schleppte Stroh heran, hielt sich im Hintergrund und schaute zu. Als das Fohlen geboren wurde, hielt er den Atem an und stieß ihn erleichtert wieder aus, als die Stute sich ihrem Nachwuchs zuwandte und ihn trocken leckte. Dann schauten er und Ben zu, wie das Fohlen aufzustehen versuchte, und Philipp ertappte sich bei einem völlig blödsinnigen Grinsen, als es dem kleinen Hengst endlich gelang und er zu seiner Mutter stakste. Das Fohlen war rabenschwarz und hatte nur auf der Stirn einen winzigen weißen Stern – dort, wo bei Nachtfrost das Horn saß.

»Nachtfrost ist aber nicht der Vater, oder?«
Ben lachte und wusch sich die Hände in einem Wassereimer. »Nein. Einhörner und Pferde paaren sich nicht. Unsere Pferde hier erkennen Nachtfrost zwar als Anführer, aber nicht als Hengst. Deshalb kann ich ihn immer ohne Schwierigkeiten in eine Gruppe stellen; sie ordnen sich ihm unter, vermissen ihn aber nicht, wenn er wieder geht.« Er betrachtete das Fohlen mit einem Lächeln. »Was meinst du – wie soll er heißen? Sein Name sollte mit O anfangen wie der seiner Mutter.«
»Orion«, sagte Philipp, ohne nachzudenken.
»Gut.« Ben richtete sich auf und drückte die Fäuste ins Kreuz. »Es wird bald hell. Ich lege mich für zwei Stunden hin, dann geht es wieder ans Füttern. Wo willst du schlafen? Oder fährst du nach Hause?«
Philipp betrachtete den kleinen Rapphengst, der auf langen Beinen durch die Box stakste und dabei heftig mit dem Schwanz wedelte, der eines Tages ein Schweif werden sollte. »Ich bleib noch ein paar Minuten hier.«
Ben nickte und stieg die Treppe hinauf.
Als er zwei Stunden später wieder herunterkam und als Erstes zu Ostara und ihrem Fohlen ging, sah er Philipp leise schnarchend in der Box liegen. Eine Hand hatte er auf dem Rücken des Fohlens, das neben ihm schlief.

Das Land erwacht

Als der Mann zusammensackte, lief Sonja erschrocken zu ihm hin. Wie redete man eigentlich einen König an? Herr König? Majestät? Egal – Hauptsache, er kam wieder in sein Bett! Er war nicht bewusstlos, als sie ihn erreichte, sah aber aus der Nähe noch kränker und verfallener aus. Dabei war er bestimmt nicht alt! »Sie müssen sich wieder hinlegen«, sagte Sonja. »Ich helfe Ihnen, stützen Sie sich auf mich –«

»Es geht schon.« Er versuchte ein Lächeln und schob sich mühsam wieder hoch. »Danke.« Dann nahm er aber doch ihren Arm und schlurfte mit ihrer Hilfe ganz langsam zurück ins Haus und zu seinem Bett. Dort setzte er sich hin, senkte den Kopf und rang nach Luft.

»Sie sind krank«, sagte Sonja. »Ich hab's im Traum gesehen. Was haben Sie denn? Kann man das nicht heilen?«

Der König lächelte mühsam. »Dazu bräuchte ich ein Einhorn. Ich hatte gehofft, du würdest eins mitbringen.«

Die Erinnerung tat weh. »Er – ich weiß nicht, wo er ist! Er wollte Beyash und Iruko zurückbringen, aber –« Sie stockte. Sollte sie ihm wirklich erzählen, dass Darian sie, Elri und Lorin in den Kerker geworfen hatte? Nein, das war jetzt nicht mehr wichtig. Wichtig war etwas anderes. »Darian ist hier. Und Elri und Lorin. Aber sie haben die Söldner weggelockt, und es war so dunkel, dass ich nicht gesehen habe – ich weiß nicht, was mit ihnen passiert ist!« Verzweiflung stieg in ihr auf. Was sollte sie nur tun? Und dann fiel ihr noch etwas ein, und ihr wurde eiskalt. »Majestät –

da war ein Nebeldämon. In der Säulenhöhle. Und der Spürer ist hinter uns her, und vielleicht ist er schon hier!«
Der König schloss die Augen. »Ja, er ist hier. Und deshalb musst du dich beeilen. Du … kennst die Prophezeiung der Enat?«
Sonja schluckte. Ihr Hals war wie zugeschnürt. »Ja.«
»Der Junge mit dem gezeichneten Gesicht. Wo ist er?«
»Ich weiß nicht. Er war da, aber –«
»Du weißt, was ihr tun müsst?«
»Nur, dass wir zu diesem – dem gläsernen Schlot gehen müssen … und so. Aber ich weiß nicht, wo das ist.«
Der König öffnete die Augen und schaute sie an. Müde Augen waren das, tief, unendlich und traurig. »Du weißt nicht, wo der gläserne Schlot ist? Kind, geh nach draußen, du kannst ihn nicht übersehen.«
»Was? Wieso? Da war doch nur –« Und da ging ihr endlich auf, wo sie sich befand. »Was? Die Säule? *Das* ist der Schlot?«
Der König nickte.
»Aber der ist doch gar nicht aus Glas!«
»Obsidian«, sagte Darians Vater. »Das ist Stein, geschmolzen im Feuer der Erde. Er ist hart und glatt, sieht aus und fühlt sich an wie schwarzes Glas. Die ganze Höhle besteht daraus.«
»Dann ist das hier die gläserne Höhle?« Sie konnte es nicht glauben. Die ganze Zeit hatte sie erwartet, wieder in einem Kristall zu landen, nicht in einem unterirdischen Tal. Sie hatten ihr Ziel erreicht, ohne es auch nur zu merken! »Aber Lorin –«
»Ist das der Junge?« Der König öffnete die Augen und schaute sie forschend an. »Magst du ihn?«
Sonja spürte, wie sie feuerrot wurde. »Ja.« Sie holte tief Luft. »Und ich denke nicht daran, ihn zu opfern!«

So, jetzt war es heraus. Sie hielt den Atem an und wartete. Aber der König lächelte nur. »Ich weiß.« Er tastete nach seiner Brust und drückte die Hand auf die Stelle über dem Herzen, als täte sie ihm weh. »Geh jetzt. Das Amulett wird dich führen. Es ... wird euch beide führen.«

»Aber –«

»Geh! Oder wir sind alle verloren!«

Das war wohl einer der Augenblicke, in denen man einem König gehorchen musste, auch wenn er krank und schwach war und eigentlich noch tausend Fragen beantworten sollte. Sonja drehte sich um und marschierte aus dem Haus.

Und blieb jäh stehen.

Sie hatte gar nicht gemerkt, dass das Haus ein wenig erhöht am Fuß der Riesensäule stand, hoch genug, dass man über die ganze Stadt hinwegsehen konnte. Im Licht der grünen Juwelen sah sie die weißen Mauern und die Bäume, die sie vorhin nur als Hindernisse in der Dunkelheit wahrgenommen hatte, und in weiter Entfernung erkannte sie mehrere Höhlenausgänge in einer himmelhohen Felswand. Das musste die Stelle sein, an der sie das Tal betreten hatten.

Dort wimmelte es von Menschen.

Es mussten hunderte sein. Sie waren bewaffnet; ihre Speere und Schwerter blitzten im Licht der Juwelen. Sie strömten aus den Höhlengängen und sammelten sich an einer Stelle, die von hohen Mauern verdeckt wurde. Sonja konnte nicht erkennen, was sie dort taten, aber eins sah sie: dort breitete sich Nebel aus.

Die weißen, klumpigen Vögel flüchteten aus der Nähe des Nebels und flatterten auf Sonja und die Felssäule zu, und je näher sie kamen, desto seltsamer sahen sie aus. Waren das überhaupt Vögel?

Sie hatte eigentlich gedacht, dass sie sich nicht noch mehr

fürchten konnte, aber das war wohl ein Irrtum gewesen. Sie stand wie gelähmt. Darian. Elri. Lorin. Irgendwo in der Stadt.

Sie musste etwas tun, sie konnte sie nicht im Stich lassen, sie musste –

Keine Zeit!, rief eine Stimme in ihrem Kopf, und gleichzeitig wurde das Amulett heiß an ihrer Brust.

Alles wird gut, hatte Nachtfrost gesagt.

Mit einem Schluchzen drehte Sonja sich um und rannte auf den Pfad zu, der an der Säule entlang nach oben führte.

Ein Schrei hinter ihr.

»Sonja!«

Sie fuhr herum.

Der Spürer stand zwischen den Ruinen, keine zehn Meter von ihr entfernt, und hielt Lorin fest, der sich verzweifelt wehrte.

»Sonja«, sagte der Spürer noch einmal. Er sah furchtbar aus. Uralt, gebeugt, mit schlohweißem Haar und hohlen Wangen. Aber er hatte genug Kraft, um Lorin unerbittlich festzuhalten. Und hinter ihm kroch Nebel durch die Stadt, lautlos und unaufhaltsam. »Gib mir ... gib mir das Amulett.« Es klang seltsam. Nicht mehr höhnisch, nicht mehr brutal und habgierig, sondern wie eine verzweifelte Bitte.

Sie schüttelte den Kopf. Ihr Hals war wie zugeschnürt.

»Sonja«, sagte er zum dritten Mal. »Du siehst, was es aus mir gemacht hat. Du weißt, was es mit dem Jungen hier tun wird, wenn du ihn zwingst, es zu berühren. Die Göttin ist nicht gnädig, Sonja. Sie nimmt alles und gibt nichts. Ich habe alles verloren, und weder du noch ich können den Nebel aufhalten. Niemand kann es, es ist zu spät. Bitte. Gib mir das Amulett.«

»Glaub ihm nicht!«, schrie Lorin. »Sonja, –« Weiter kam er

nicht, denn der Spürer presste ihm eine klauenartige, fleckige Hand auf den Mund.

»Er weiß nichts«, sagte er. »Er hat nichts gesehen. Aber ich habe es gesehen. Und du auch. Weißt du, was in meinem Land geschehen ist? Erst kamen die Dämonen und der Nebel. Die Völker flohen oder wurden vernichtet oder versklavt. Dann ging eine Welle aus Feuer über das Land. Die Dämonen verbrannten, lösten sich auf, verschwanden. Und als alles nur noch Asche war, kehrten sie zurück, und mit ihnen der Nebel.«

Sonja starrte ihn an.

»Und dasselbe wird hier geschehen. Es ist vorbei, Sonja. Die Nomaden haben den Kampf verloren ... wir alle haben ihn verloren.«

»Und ...« Ihre Stimme gehorchte ihr nicht. Sie setzte neu an. »Und was wollen Sie mit dem Amulett machen?«

»Ich werde es zerstören. Das Amulett ist die letzte Bindung der Erdgöttin an das Land. Wenn sie zerreißt, ist der Kampf zu Ende. Wir werden Frieden haben.«

»Als was? Als Nebeldämonen?« Sie dachte an Marus, den Anführer eines Stammes der Elarim. Er war mit einigen seiner Leute den Dämonen entgegengegangen, um sich zu ergeben. War er eins der Wesen dort im Nebel? Erinnerte er sich daran, ein Mensch gewesen zu sein?

»Als Traum«, sagte er. »Als Erinnerung. Du weißt es doch selbst, Mädchen aus einer anderen Welt. Nichts von dem, was du hier gefunden hast, ist wirklich. Wir alle sind nur ein Traum, den du träumst, und mit der Zeit wirst du uns vergessen.«

Wie oft hatte sie das gedacht: Es ist ein Traum. Nichts davon ist wirklich. War das nun die Wahrheit? Wenn sie ihm das Amulett gab, würde sie dann einfach zu Hause in ihrem Bett aufwachen und zur Schule gehen und am Nachmittag mit Melanie zum Waldhof fahren, um sich dort um Micky und Bjarni, die alten Ponys, zu kümmern? Waren alle Abenteuer nur ein Traum gewesen? War Lorin nur ein Traum? Und *Nachtfrost*?

Der Nebel hüllte nun die ganze Stadt ein. Nur an den Rändern glühten die Juwelen durch die weißen Schleier und färbten sie grün. Sonja blinzelte. Bewegte sich dort etwas? Es sah aus, als ob sich dort Gestalten aus den Felsen lösten. Erst nur wenige, aber dann immer mehr, bis der ganze riesige Höhlenkreis geschlossen war. Kleine und große, Menschen und Tierartige und Wesen, die großen Pflanzen glichen, und Wolken und ...

... ein Einhorn. Schwarz und silber und umgeben von strahlendem Licht.

Nachtfrost.

Sonja, hörte sie ihn sagen, fern und doch klar in ihrem Kopf. *Benutze das Amulett. Es ist Zeit.*

Sie hob die Hand mit dem Amulett.

»Überleg dir gut, was du tust«, sagte der Spürer, der sie aus schmalen, toten Augen beobachtete. »Wenn du es mir nicht gibst, töte ich deinen Freund.«

»Sonja«, sagte Lorin mit weißem Gesicht. »Gib es ihm nicht.«

Sonja schaute wieder auf das neblige Tal hinab. Ganz Parva schien dort versammelt zu sein, im Guten wie im Bösen, und wartete auf ihre Entscheidung. Traum oder nicht, dieses seltsame Land mit seinen fremdartigen, zauberischen Bewohnern war ihr Zuhause geworden – ein Zuhause ohne Haus, ohne Stadt, fast ohne Menschen. Die Steppe selbst war ein Zuhause, verwunschen und wimmelnd von unsichtbarem und verborgenem Leben. Und der Wald, durch

den sie geritten war, und der Fluss, in dem Elri fast gestorben wäre, und das Sternrückengebirge mit seinen Stürmen und Höhlen und Erdgnomen ... und Lyecenthe, die Stadt, die darauf wartete, dass das Leben zu ihr zurückkehrte ... das alles war so fremd und unverständlich gewesen und war jetzt so vertraut, dass Sonja plötzlich das Grauen vor dem schrecklichen Nebel so stark spürte, als sei sie selbst das Land, das nicht weglaufen konnte. Zum ersten Mal begriff sie wirklich, was es für die Wesen von Parva bedeutete, nicht fliehen zu können, sondern stehen bleiben und dem Schrecklichen entgegensehen zu müssen. Und selbst die, die wegliefen, mussten irgendwann anhalten. Sonja konnte einfach wieder nach Hause reiten, aber für alle anderen gab es keinen Ausweg.
Es tat weh. Es durchzog ihren ganzen Körper wie ein brennender Schmerz und endete in ihren Händen. Sie machte die Augen zu. Bisher hatte sie immer nur nach Nachtfrost oder Darian gesucht, aber jetzt suchte sie nicht, sondern wartete auf das, was zu ihr kommen wollte. Einen Moment lang hatte sie Angst, sich wie bei den Kobolden selbst zu verlieren, aber dann spürte sie, dass sie so sehr sie selbst war wie noch nie zuvor. Das Amulett wurde heiß in ihren Händen. Sie öffnete sich dem ganzen Land, und das Land antwortete.
Die Alten Völker erwachten.
Tausende. Über der Erde, unter der Erde, in Wasser, Luft, Feuer und Wind und in der riesigen Höhle unter den Bergen von Chiarron. Sie erwachten, setzten sich in Bewegung, ihre Seelen strömten zusammen wie Wasser aus einem Fluss. Es war wie ein schmetternder Trompetenstoß oder wie das erste Licht der Sonne, das durch die Wolkendecke bricht. Nur ein kurzer Augenblick, dann war es vor-

bei, und Sonja fand sich zitternd im Gras am Fuß der Felssäule wieder. Aber so deutlich, wie sie ihren Körper spürte, spürte sie die unzähligen Geister des Landes, die ihren Ruf gehört und beantwortet hatten.

Es ist Zeit.

Sonja öffnete die Augen. Ihr war schwindlig. Das überwältigende Gefühl, mit dem Land verbunden zu sein, verblasste. Aber sie wusste jetzt, was sie zu tun hatte. Sie spürte die Geister in der Luft und im Stein unter ihren Füßen, und sie fühlte, wie sie warteten.

Der Spürer beobachtete sie voller Hass. Ganz deutlich spürte sie, was sie bisher nicht erkannt hatte: Er stand außerhalb. Er hatte überhaupt nicht mitbekommen, was gerade geschehen war. »Also gut«, zischte er. »Du hast es so gewollt! Ich werde –«

»Warten Sie!«, sagte Sonja. »Ich tu's. Ich gebe Ihnen das Amulett.«

Er starrte sie an, als könnte er nicht glauben, was er gehört hatte. »Was?«

»Lassen Sie nur erst Lorin los.«

»Sonja, nein! Das kannst du nicht –« Weiter kam Lorin nicht. Mit einer Kraft, die Sonja ihm nicht mehr zugetraut hatte, schleuderte der Spürer ihn zur Seite. Er stürzte schwer, stieß einen heiseren Schrei aus und blieb liegen. Sonjas Magen drehte sich um, aber sie hatte keine Zeit, sie musste jetzt schnell handeln, sonst war alles vorbei!

Sie ging fünf Meter auf den Spürer zu, bückte sich und legte das Amulett ins Gras. Dann drehte sie sich um und ging zu Lorin.

»Gut«, sagte der Spürer mit einem letzten Aufflackern seines alten höhnischen Spottes. »Du bist ein kluges Kind.«

Sonja beachtete ihn gar nicht. Sie kniete sich neben Lorin,

der mit geschlossenen Augen im Gras lag. Blut lief ihm über die Stirn, und er atmete nur schwach. Sie nahm ihn in den Arm.

Alles wird gut, hatte Nachtfrost gesagt. *Alles wird gut …*

Der Spürer zog sein Schwert. Es schien ihm zu schwer zu sein; genau wie sein eigener Körper; mühsam schleppte er sich auf das Amulett zu und blieb stehen. Er hob das Schwert.

Die Erde zitterte. Ein Windstoß fuhr in die Bäume und wischte über das Gras. Ruckartig wie ein alter Hahn schaute der Spürer sich um; erst jetzt schien er zu bemerken, dass er ganz allein war. »Was –«, begann er, aber weiter kam er nicht.

Aus dem Nichts fegte eine Sturmböe heran und schleuderte ihn vorwärts gegen die Felsen der riesigen Säule. Das Schwert flog ihm aus der Hand, und er stieß einen heiseren Schrei aus. Der schwarze, glasige Stein verformte sich unter dem Aufprall wie Gummi.

Der alte Man sackte zusammen, blieb einen Augenblick liegen und richtete sich dann mühsam wieder auf. Ein dünner Blutfaden lief ihm aus dem Mund. Er schaute Sonja an, voller Hass, mit Augen, die im Wahnsinn funkelten. »Dafür wirst du bezahlen«, krächzte er. »Ihr alle! Du wirst deine Welt nie wiedersehen, Auserwählte der Göttin!«

Er hob die Hände, und Nebel stieg von ihnen auf. Entsetzt wich Sonja zurück, aber sie stolperte über einen Stein und setzte sich hart und schmerzhaft auf den Boden. Der Spürer lachte, ein krächzendes, höhnisches und gemeines Lachen. »Du hast gedacht, ohne den Dämon wäre ich nichts? Du weißt nichts über diese Welt, nichts über mein Land, nichts über *mich*! Ich werde dich –«

Aber da gab der Fels hinter ihm nach. Er verlor das Gleichgewicht und stolperte rückwärts. Der Nebel entriss sich seinen Händen. Vor Sonjas entsetztem Blick formte sich der schwarze Stein zu Wülsten, dann Wänden, bog sich um den Spürer und zog ihn nach innen. Er wehrte sich verzweifelt, aber unerbittlich schloss sich der Stein über ihm, und er war fort.

Der Nebel waberte noch einen Moment, wehte auf Sonja und Lorin zu, streifte sie mit einem eisigen Hauch und löste sich dann auf.

Die schwarze Brücke

Lorin hustete. »Haben wir ... haben wir es geschafft?«, flüsterte er.
»Ich weiß nicht.« Sonja war zu durcheinander, zu verängstigt, verwirrt und geschockt. War das nun das Ende? Hatte sich die Prophezeiung geirrt? Nachtfrost hatte doch gesagt, sie würde am Schluss alles verstehen, aber sie verstand gar nichts. Darian und Elri waren weg, die unzähligen Menschen und Zauberwesen von Parva standen noch immer im Kreis um das nebelgefüllte Tal, als sei die Zeit stehengeblieben, das Amulett lag im Gras, und von einem Wolfsgott war weit und breit nichts zu sehen.
Aber dann begann die Schlacht.
Bewegung kam in die stillen Reihen. Sie drängten vorwärts, den Hang hinunter, und verschwanden im Nebel. Schreie wurden laut, ein Brüllen, das von den Felswänden widerhallte, antwortete ihnen, und dann stürzten sich plötzlich auch die weißen Vogelwesen hinunter in die wogende grünliche Masse.
»Es nützt nichts«, sagte eine müde, tonlose Stimme. Sonja und Lorin blickten auf. Der König von Parva stand neben ihnen und konnte sich kaum auf den Beinen halten. »Es ist zu spät.«
»Aber der Spürer –«, begann Lorin.
»Der Spürer ist nicht mehr von Bedeutung. Hört ihr das?«
Sie horchten. Aus dem Tal drangen Schreie und Gebrüll, es krachte und klirrte, aber darunter lag noch ein anderes Ge-

räusch, ein leises, abgrundtiefes Grollen wie ferner Donner. Der Boden zitterte wieder, aber diesmal hörte das Zittern nicht auf.
»Die Vögel des Feuers«, sagte König Ghadan. »Sie steigen aus der Tiefe des gläsernen Schlotes empor, und wenn sie aus dem Berg herausjagen, werden sie alles verbrennen und vernichten. Dies ist das Ende von Parva.«
»Aber die Königin kann doch nicht ihr eigenes Land zerstören!«, rief Sonja entsetzt.
»Das habe ich auch geglaubt. Aber ich habe schon lange nicht mehr verstanden, was sie tat. Glaubt mir, Kinder, es ist vorbei.«
»Das glaube ich nicht!«, rief Sonja. »Es passt nicht zusammen! Nachtfrost hat mir eine Geschichte erzählt – darüber, wie die Königin Ihnen geholfen hat, die Teshante zu retten! Sie wollte Leben, nicht Tod! Ich glaube einfach nicht, dass sie alles zerstören würde, nur um die Dämonen loszuwerden!«
»Das ist lange her ...«, sagte der König.
Sonja hörte ihm nicht mehr zu. Nebel. Feuer. Dämonen. Der Spürer hatte erzählt, was in Issenye passiert war – Etwas wie eine eiserne Klammer legte sich um ihr Herz.
Und dasselbe wird hier geschehen.
Sie fuhr hoch. »Lorin! Komm!«
Lorin rappelte sich auf. »Was? Wohin?«
»Zum gläsernen Schlot. Wir müssen sie aufhalten!« Sie packte seine Hand und zog ihn mit sich. »Schnell!«
Das Amulett lag dort, wo sie es hingelegt hatte. Sonja schnappte es und behielt es in der Hand. Es war heiß, aber nicht so heiß, dass es ihr die Finger versengte. Sie wusste jetzt, was das bedeutete. Nachtfrost hatte recht gehabt. Sie verstand jetzt, was er ihr erzählt hatte und warum Aruna ihr

seltsame Träume geschickt hatte. Und jetzt ging es nur noch darum, nicht zu spät zu kommen.
So schnell sie konnten, liefen sie den Weg hinauf. Lorin war durch sein Hinken langsamer als Sonja, bemühte sich aber, mit ihr Schritt zu halten. Das Tal fiel unter ihnen zurück, eine brodelnde Masse aus kämpfenden Zauberwesen. Blitze zuckten durch den Nebel. Irgendwo dort drinnen waren Nachtfrost, Darian und Elri ... sie durfte nicht darüber nachdenken. Je höher sie kamen, desto deutlicher spürten sie das Zittern der Felsen, und Sonja hatte fast das Gefühl, die Trolle vor Schmerz stöhnen zu hören. Obsidian ist geschmolzener Stein, hatte der König gesagt. Hatten die Vögel des Feuers eine solche Macht, dass sie auch Trolle bedrohen konnten, die ältesten Wesen von Parva?
»Sonja!«, rief Lorin. »Sagst du mir jetzt endlich, was du vorhast?«
Sie blieb stehen und warf einen Blick nach unten. Der König war im Gras zusammengesunken und konnte sie sicher nicht mehr hören. Jetzt konnte sie Lorin sagen, was los war.
»Die Königin ist nicht die Königin.«
»Was?«, fragte er entgeistert. »Wer soll sie denn sonst sein?«
»Ich – ich glaube, sie ist ein Nebeldämon. Oder hat sich mit einem verbündet, so wie der Spürer. Was er gesagt hat – über Issenye – hast du das gehört?«
»Dass erst die Dämonen und der Nebel kamen, dann Feuer? Ja, aber –« Er stockte. »Götter! Du meinst, sie ruft die Vögel des Feuers nicht, um die Dämonen zu vernichten, sondern Parva? Damit nachher –«
»Wenn alles Asche ist.« Sie nickte. »Es wird genauso passieren wie in Issenye, wenn wir es nicht verhindern!«
Lorin schaute sie an. Sein vernarbtes Gesicht war blass, mit

einer blutigen Schürfwunde an der Stirn. Er zitterte vor Schwäche und Angst, genau wie Sonja selbst. Aber er bemühte sich um ein Lächeln. »Dann verhindern wir es eben. Und ... und wir wissen auch, wie.« Er schluckte. »Die Prophezeiung hat es uns gesagt.«

»Lorin«, sagte Sonja, »wir machen es gemeinsam. Ganz egal, was es ist.«

Sie schauten einander an, und für einen Moment war alles andere bedeutungslos. Dann nickte Lorin. Sie fassten sich an den Händen und liefen weiter.

Je höher sie kamen, desto wärmer wurde es. Der Obsidianfelsen strahlte Hitze aus, als stände innen schon alles in Flammen, und die Luft waberte über dem Pfad wie auf einer Straße an einem heißen Sommertag. Der Boden zitterte nicht mehr, sondern zuckte immer wieder unter ihren Füßen, sodass sie dicht an der Felswand entlanggehen mussten, um nicht zu stolpern und in die Tiefe zu stürzen.

Das Grollen wurde lauter. An einigen Stellen im Tal wurde der Nebel dünner, an anderen dichter. Sie wussten nicht, ob das ein gutes oder ein schlechtes Zeichen war.

Vor sich erkannten sie einen Einschnitt in den Felsen. Je näher sie kamen, desto deutlicher erkannten sie, dass es eine Öffnung war. Sie fassten neuen Mut und liefen schneller, obwohl ihre Beine schwer wie Blei und weich wie Gummi waren und ihre Kleider nass geschwitzt an ihnen klebten. Weit konnte es nicht mehr sein – genauer gesagt: viel weiter würden sie nicht mehr gehen können.

Da trat jemand aus der Öffnung hinaus auf den Pfad.

Es war eine Frau, groß und wunderschön, in schwarzer Lederrüstung und schwarzem Samtumhang. Trotz der fürchterlichen Hitze sah sie kühl und gelassen aus; nicht ein Haar klebte an ihrer makellosen Stirn. Nebel wallte um ih-

ren Körper. Sie wandte sich Sonja und Lorin zu. Ihre Augen waren grau und flach wie Kiesel, aber Sonja spürte eine schauerliche, abgrundtiefe Leere dahinter.
»Da seid ihr ja, Auserwählte.« Die Frau verzog ihre Lippen zu einem Lächeln, das keins war. »Ihr kommt zu spät. Die Vögel steigen aus der Tiefe, und nichts kann sie mehr aufhalten. Wir haben gewonnen; Parva gehört uns.«
»Wer seid Ihr?«, fragte Lorin mit rauer Stimme. »Ihr seid nicht Königin Aletheia.«
»Ich bin Teirashna von Cereizal.«
Das sagte Sonja gar nichts, aber Lorin wurde blass. »Und wo – wo ist die Königin?«
Wieder das Lächeln, schmal und grausam wie ein Messer. »An einem Ort, den kein Sterblicher erreichen kann. Geht mir aus dem Weg, Kinder. Lauft, solange ihr noch könnt.«
Das Amulett zuckte in Sonjas Hand.
Sie hatte sich geschworen, es nie wieder zu tun. Leichtsinnig. Hatten nicht die Weißen Schwestern Melanie gewarnt, dass man nie voreilig schwören sollte? Was passierte in einer Zauberwelt, wenn man einen Schwur brach? Aber was würde passieren, wenn sie ihn *nicht* brach?
Sie musste es tun. Diese Frau – wenigstens ein Teil von ihr – war doch Darians Mutter! Wenn das Amulett es geschafft hatte, den Spürer von einem Dämon zu trennen, konnte es dasselbe doch mit der Königin tun und sie retten?
Ohne Vorwarnung ließ sie Lorins Hand los und rannte auf die Frau zu. Teirashna wich nicht zurück – sonst wäre sie wahrscheinlich abgestürzt. Sie blieb stehen und riss die Hände hoch. Aber noch während sich der Nebel formte, sprang Sonja sie wie eine Katze an und drückte ihr das Amulett auf die Brust.
Ein gellender Schrei. Die Frau stürzte rücklings auf den

Pfad und riss Sonja mit. Beiden blieb die Luft weg, und die Frau packte instinktiv Sonjas Arme. Und dann sah Sonja durch die Augen eines Dämons.

Ein Sturm tobte um sie her. Die Höhlendecke über der Stadt war nicht aus Obsidian, sondern aus knochenweißem, wie ausgebranntem Stein. Der Nebel war kein Nebel, er war eine wirbelnde Schar verzerrter Luftgestalten, die schrien und winselten und beherrscht werden wollten. Doch sie scheuten in panischem Schrecken vor dem gleißenden Licht zurück, das den Dämon zu Boden drückte. Es tat weh, es brannte wie Feuer und Säure und Gift, und sie hörte sich mit einer Stimme schreien, die nichts Menschliches mehr hatte.

Dann war es vorbei, und Sonja war wieder sie selbst, rappelte sich auf und fiel gegen die Felswand. Das Amulett leuchtete in ihrer Hand. Sie fühlte sich schwindlig und benommen und war dankbar, als Lorin zu ihr hinkte und sie festhielt.

Die Frau lag mit geschlossenen Augen auf dem Pfad und rührte sich nicht.

»Ist sie …«, flüsterte Sonja. »Ist sie tot?«

»Ich – ich weiß nicht.« Ein neues Zucken des Berges riss sie beide fast von den Füßen. »Wir müssen weiter.«

»Aber –«

»Ich weiß. Aber wir können ihr nicht helfen! Nachtfrost vielleicht – aber wenn wir die Vögel nicht aufhalten –«

Er hatte recht, wie immer. Aber Sonja konnte den Blick nicht von dem schönen, stillen Frauengesicht abwenden. Das war Darians Mutter. Oder eine Dämonin.

Hatte sie sie *umgebracht*?

»Sonja!« Lorin nahm ihre Hand. »Komm!«

Er zog, und sie stolperte hinter ihm her. Gemeinsam be-

traten sie den Höhleneingang. Ein Schwall unerträglicher Hitze schlug ihnen entgegen.
Der gläserne Schlot ... Sonja erinnerte sich daran, dass sie gedacht hatte, sie würde wieder in einer Halle aus Licht stehen, umgeben von unzähligen Lichtspiegelungen und einer Welt aus Kristall.
Stattdessen stand sie in einem schwarzen Meer aus Sternen. Der Obsidian fing das Licht des Amuletts auf, brach es in Millionen Splitter und warf es zurück und blieb dabei doch selbst vollkommen schwarz. Nachtfrosts Fell, dachte Sonja und hätte beinahe losgeheult, weil sie ihn so furchtbar vermisste und nicht einmal wusste, ob er noch am Leben war – aber Lorin und das Amulett zogen sie schon weiter.
Dies war kein Labyrinth. Der Gang führte zwanzig Meter weit geradeaus, machte dann eine kleine Biegung und öffnete sich zu einer Höhle, die die ganze riesige Säule ausfüllte. Nur ein schmaler Pfad führte an der Innenseite weiter entlang nach oben.
Sonja und Lorin drückten sich an die Felswand und schauten über die Kante des Pfades nach unten in eine brüllende Hölle aus Feuer.
Es war keine Lava, wie Sonja erwartet hatte, sondern genau das, was der König gesagt hatte: riesige Vögel aus reinem Feuer. Sie jagten durcheinander, tobten an der Felswand entlang, als suchten sie nach einem Ausgang, und stiegen dabei immer höher. Schon nach wenigen Sekunden schmerzten Sonjas Augen von dem Licht und dem Durcheinander und der fürchterlichen Hitze, aber sie konnte den Blick nicht losreißen. Es war ein schrecklicher Anblick, aber auch wunderschön, und die Sehnsucht der Feuergeister nach dem Licht und dem unendlichen Himmel krallte sich in ihrem Herzen fest und riss sie mit. Konnte sie eine

solche Macht aufhalten? Durfte sie es auch nur versuchen? Sie umklammerte das Amulett und beugte sich ein wenig vor, um besser zu sehen ...

»Sonja!«, schrie Lorin und riss sie zurück. Sie schlug schwer gegen den Felsen und japste nach Luft, die ihr in den Lungen brannte. »Was?«

»Du hast dich immer weiter vorgebeugt! Fast wärest *du* da runtergefallen, nicht ich!«

Das brachte sie wieder zu sich. Wie ein Schwall kaltes Wasser. Entsetzt starrte sie Lorin an.

Er biss sich auf die Lippen. »Das ist es doch, oder? Das Opfer. *Über* dem gläsernen Schlot, sagte die Prophezeiung. Und ich kann nun mal nicht fliegen.« Er nahm wieder ihre Hand. »Lass uns diese Stelle über dem Schlot finden, sonst renne ich hier raus und komme nie mehr zurück. Es ist nicht ... es ist nicht so leicht, wie ich gedacht hatte.«

»Lorin –«

»Sonja! *Bitte!* Komm!«

»Nein! Es muss doch einen anderen Weg geben!«

Einen Moment lang verzog Lorin das Gesicht zu seinem vertrauten schiefen Grinsen, und sie hätte am liebsten losgeheult. »Das sagt ihr immer, du und Melanie.« Er trat auf sie zu und nahm sie in den Arm. Sonja steckte ganz schnell das Amulett in die Tasche, damit es ihn nicht berührte, und dann standen sie ganz still und hielten sich aneinander fest.

Es ist nicht gerecht, dachte Sonja verzweifelt, es darf nicht sein, es kann nicht sein, Nachtfrost, hilf uns doch, Veleria, Ben, Aruna, helft uns –

»Da oben«, sagte Lorin ganz leise und drehte sich mit ihr um, sodass sie es sehen konnte.

Fünfzig Meter höher löste sich der schmale Pfad von der Felswand und schwang sich als schmale Brücke hinüber zur anderen Seite, wo er weiter nach oben führte. In der Mitte der Brücke gab es eine Plattform von kaum zwei Metern Durchmesser.

»Komm«, sagte Lorin.

Schritt um Schritt stiegen sie hinauf. Die Luft war jetzt so heiß, dass sich ihre Haare kräuselten. Und mit jedem Schritt flogen auch die Vögel höher, bis Sonja sie genau erkennen konnte: die lodernden Federn, die gewaltigen Körper, die Raubvogelköpfe mit den Augen aus Feuer. Jeder von ihnen hatte eine Spannweite von mindestens zehn Metern und wirkte doch winzig in der riesigen Höhle. Die Flügelschläge trieben Funken und heißen Wind nach oben. Ein Funke landete auf Lorins Hemd, und er schlug darauf ein, bis er erlosch.

»Ich glaube, sie haben uns bemerkt«, sagte er ziemlich trocken.

Fünfzig Meter. Der Pfad bog nach links und schwang sich in einem unmöglichen Bogen über die Feuerhölle. Hand in Hand tappten Sonja und Lorin hinaus in die Leere. Ihre Haut war trocken und spröde, ihre Lippen rau. Funken stoben an ihnen vorbei, Stein platzte in der Hitze, das Brüllen des Feuers übertönte jeden anderen Laut in der Welt.

Alles wird gut, dachte Sonja, aber sie konnte schon kaum mehr klar denken. Nachtfrost hat es gesagt. Er *hat es gesagt.*

Sie erreichten die Plattform.

Lorin schaute sich um. »Ja, das ist der richtige Ort.«

Sie konnte ihn kaum hören, aber sie spürte es auch. Das Amulett in ihrer Hosentasche war brennend heiß, und sie zog es heraus. Es strahlte auf wie ein weißer Stern. Sonja wusste, was sie tun musste: dasselbe, was sie mit dem Spürer und der Nebelkönigin getan hatte. Das, was sie nie wieder hatte tun wollen. Das Amulett konnte Menschen und

Dämonen trennen, jetzt sollte es Lorin und den Wolfsgott auseinanderreißen.

Sie schaute ihn an. Sein seltsames, vernarbtes Gesicht, seine strubbeligen Haare, seine zerschlissenen Lederkleider, sein schiefes Lächeln.

»Ich hab dich lieb«, flüsterte sie, und obwohl jeder Laut unterging und er sie nicht hören konnte, lächelte er und sagte: »Ich dich auch.«

»Und egal, was es ist, wir machen es zusammen.« Sonja hob das Amulett.

Da stupste etwas gegen ihren Knöchel.

Sie schaute nach unten und erkannte ein braunes, pelziges Tier mit einem schwarz-weiß geringelten Schwanz, das fröhlich keckerte.

»Suly!«, schrie sie auf. »Bist du verrückt geworden? Was machst du hier?«

Das Tier keckerte wieder. Dann hob es den Kopf und schaute ihr direkt ins Gesicht.

Seine Augen waren grau und tot wie Stein.

Und dann wurde es größer, so schnell, dass es zu explodieren schien. Es veränderte die Form, wurde menschenähnlich, nebelförmig, grauenhaft.

Lorin riss Sonja zu sich hinüber. Ein letzter Blick, dann griff das Nebelwesen mit seinen Klauen nach ihnen – und sie sprangen gleichzeitig von der Plattform und fielen, Hand in Hand, dem Feuer entgegen.

Im Fallen drehte Lorin sich um und zog Sonja mit dem Amulett an sich, und als es ihn berührte, wurde es so hell wie die Sonne.

Und nun befanden sie sich doch wieder im Kristall, in strahlendem Licht und tausend Spiegelungen. Doch das

Licht war Feuer, und der Kristall war ein durchsichtiges, zerbrechlich wirkendes Gespinst, das sich um sie schloss, während sie fielen. Sie waren umgeben von riesigen Vögeln mit Schwingen und Augen aus Feuer, doch der Kristall schützte sie vor der Hitze, und die grausamen Schnäbel konnten sie nicht erreichen.

Etwas wie ein schwarzer Luftwirbel löste sich aus Lorins Brust und verschmolz mit dem Amulett, und das Amulett schmolz selbst. Das Gold zerrann und verlief, und ein riesiger schwarzer Wolf schwebte über ihnen mit Augen aus Feuer.

Gebt mir eine Seele.

Es war eine Stimme, die aus den Tiefen der Erde zu kommen schien.

Nein, dachte Sonja. *Nein.* Sie klammerte sich an Lorin fest und schrie in das Tosen der Flammen: »Du kannst uns nur zusammen mitnehmen!«

Sonja, denk nach, sagte Nachtfrost in ihrem Kopf, und sie zuckte zusammen und schaute sich um, aber er war nicht da. Trotzdem hörte sie ihn ganz deutlich. *Erinnere dich an den Kristall. Erinnere dich, was ihr bei euch tragt.*

Gebt mir eine Seele!, donnerte die Stimme.

»Sonja«, begann Lorin, aber sie unterbrach ihn sofort. »Der Kristall! Lorin, gib ihm Haelfas' Kristall!«

Verblüfft starrte er sie an. »Aber –«

»Mach schon!«

Er griff in die Tasche und zog den Kristall der Enat heraus. Und aus dem Kristall trat Haelfas, der Schattenjäger, und lächelte sie beide an. »Wir danken euch«, sagte er. »So können wir unsere Schuld nach all den Jahrhunderten endlich begleichen.« Mit einer Handbewegung wies er auf das Kristallnetz. Und jetzt erst erkannte Sonja, dass es ein Netz aus

Menschen war, die sich an den Händen hielten. Haelfas schaute zu dem Wolf hoch. »Wir sind bereit. Bring uns heim, Kinriat.«

So soll es sein.

Das Netz zerfiel. Haelfas lächelte, winkte Sonja und Lorin zu und löste sich auf. Kristalle und Feuervögel wirbelten um Sonja und Lorin herum, tauchten in die Tiefe und verschwanden. Es wurde dunkel und still, und die beiden wussten nicht, ob sie fielen oder schwebten. Das Letzte, was sie sahen, waren die Augen des Wolfsgottes, wie zwei feurige Sterne.

Die Ehre der Falken

Sie landeten in einer Hand.
Es war eine riesige Hand aus schwarzem Stein, die sie mühelos aus der Luft fischte. Meterhohe Finger bogen sich schützend über sie, und die Hand hob sie langsam in die Höhe, bis sie ein Gesicht in der Felswand erkennen konnten. Wie das Gesicht des Flussgeistes, den Sonja einmal gesehen hatte, war es nur angedeutet und besaß gerade Form genug, um als Gesicht erkannt zu werden. Nur die Augen waren deutlich zu erkennen: zwei scharf ausgeschnittene Höhlen, in denen eine dunkelrote Glut leuchtete.
Ein Troll.
Sie war nicht erschrocken. Sie war nicht einmal besonders überrascht. Schließlich hatte sie gespürt, dass dieser ganze riesige Schlot aus schwarzem Gestein lebendig war, lauschte und wartete und Schmerzen litt, während das Feuer in seinem Inneren tobte. Es fühlte sich gut und richtig an, jetzt am Schluss von den Wesen aufgefangen zu werden, die das Land selbst formten. Und schließlich hatte sie lange genug darauf gewartet, den Trollen endlich gegenüberzustehen.
Na ja.
In ihren Händen zu sitzen.
»Ich hab keine Blumen«, sagte sie, und Lorin schaute verwirrt zu ihr hin. »Was?«
»Gelbe Blumen. Du hast mal gesagt, Trollen soll man gelbe Blumen schenken.«

Er stutzte, dann lächelte er. »Ich glaube, du brauchst keine Geschenke mehr.«
Ein Grollen ertönte, tief und rumpelnd, das ihnen durch Mark und Bein ging. Es mochten Worte sein, aber sie verstanden sie nicht. Doch Sonja lauschte dem verhallenden Klang und der Stille, die sich vom gläsernen Schlot in die Tiefe ausbreitete und nur eins sagte:
Frieden.
Die Hand setzte sie auf dem Pfad an der Felswand ab. Dort standen sie, hielten einander fest und versuchten zu begreifen, dass es jetzt vorbei war, dass sie gesiegt und einander nicht verloren hatten. Nachtfrost hatte die Wahrheit gesagt. Was auch sonst?
Alles war gut.
Sie schauten sich an und lächelten. Dann fassten sie einander bei der Hand und machten sich auf den Weg nach draußen.

Am Ausgang der Höhle fanden sie Suly. Er lag als jämmerlicher Haufen Fell mitten auf dem Weg und fiepte. Sonja schrak zurück, aber dann schaute sie ihn genauer an. Seine Augen waren klar und braun, nichts Dämonisches war in ihnen, nur Angst und Schmerz und die Bitte um Hilfe. Vorsichtig hob Lorin ihn auf und trug ihn. Sie traten aus der Höhle auf den Außenpfad und sahen das Tal unter sich ausgebreitet. Friedlich lagen die weißen Ruinen in ihrem Bett aus Pflanzen. Vom Nebel und den Soldaten des Spürers war nichts mehr zu sehen. Unzählige Menschen, Tiere und Zauberwesen hatten sich am Fuß der Säule versammelt, und ein unglaublicher Lärm erhob sich, als sie Sonja und Lorin bemerkten.
Aber die beiden hatten nur Augen für die kleine Gruppe, die

am Ende des Pfades auf sie wartete: Darian, Elri, der König von Parva und Nachtfrost.
»Melanie ist nicht da«, sagte Sonja beklommen.
»Sie kommt zurück«, meinte Lorin. »Ganz bestimmt! Und sie wird sich ärgern, weil sie alles verpasst hat.«
Es gab Dinge, die auch Sonja lieber verpasst hätte, aber sie sagte nichts. Schließlich musste sie jetzt eine Weile so tun, als sei sie eine Heldin.
Also marschierte sie tapfer den Weg hinunter. Sie ließ sich umarmen und feiern, sah zu, wie Nachtfrost Suly heilte – denn den König hatte er natürlich längst geheilt –, kehrte mit ihren Freunden, dem König und vielen wichtigen Leuten nach Chiarron zurück, aß und trank leckere Dinge und schlief irgendwann in einem Bett ein, das weicher und prunkvoller war als alles, was sie je in Parva angetroffen hatte.

Eine ganze Woche lang wurde gefeiert. Von überallher kamen Menschen, menschenähnliche oder skurrile Wesen, brachten Geschenke, sangen und tanzten in der Ebene unterhalb der Festung und zogen wieder davon. Einmal sah Sonja Elri im Gespräch mit Rion, dem Anführer der Tesca. Später traf sie Elri allein an; sie saß in einer Fensterhöhlung und schaute hinaus auf die Berge. Das war ungewöhnlich; normalerweise saß Elri keine zwei Minuten lang still.
»Alles in Ordnung?«, fragte Sonja.
Elri seufzte. »Ja.«
»Ich hab Rion gesehen ...«, tastete Sonja sich vor.
»Mhm. Er kam, um sich zu verabschieden. Sie haben Veleria nach Hause geholt ... sie sollte nicht dort in der Höhle liegen bleiben. Sie werden einen Platz für sie im Wald finden.«

»Bist du traurig? Ich meine ... wegen Rion?«
»Ich weiß nicht.« Elri schaute wieder nach draußen. »Nicht so sehr wegen Rion, glaube ich. Es ist nur ... ich vermisse die Steppe. Und den Wald. Ich kann mir nicht vorstellen, mein Leben in diesem steinernen Monstrum zu verbringen.«
Steinernes Monstrum, dachte Sonja. Ja, das passte genau auf Chiarron. Es war kein Ort zum Leben. Sie dachte an Königin Aletheia, die Falkenkriegerin, die hier gelebt hatte und jetzt aufgebahrt in einem Saal hoch oben im Turm lag. Sie war nicht tot, sagte der Heiler des Königs, aber ihr Geist war fort, flog vielleicht als Falke hoch in den Wolken und kehrte nicht zurück.
Ich käme auch nicht zurück, dachte Sonja. Chiarron war anders als der Rest des Landes; die Erinnerung an den Spürer und seine Dämonen schien hier kalt und zäh in jeder Ecke zu hängen, und die Mauern waren tot. Es gab keine Trolle und keine Geister in dieser Festung, nur Menschen, deren Schritte in den großen Hallen ein zu lautes Echo weckten. Nicht einmal Darian schien sich hier wohlzufühlen, obwohl es doch sein Zuhause war, und der König feierte tagsüber mit seinem Volk und trauerte in den dunklen Nächten allein. Lorin hatte Chiarron schon vor einigen Tagen verlassen und war jetzt irgendwo unten in der Ebene. Es tat weh, aber sie wusste, dass er nicht vor ihr davongelaufen war, sondern vor dem toten Stein.
Und Melanie war noch immer nicht zurückgekommen.
Vielleicht war sie wirklich einfach nach Hause gegangen. Hatte ihre Freunde im Stich gelassen und war abgehauen. Sonja wollte es nicht glauben, aber die Hartnäckigkeit, mit der Darian und Elri es vermieden, Melanie zu erwähnen, tat allmählich weh.

In dieser Nacht schlich Sonja sich aus dem Saal, den man ihr als Schlafraum gegeben hatte, hinaus in den Hof und schlüpfte durch das Tor. Sie lief den Weg hinunter, ohne recht zu wissen, was sie eigentlich wollte. Der Mond stand hoch am Himmel und leuchtete ihr den Weg, und die fremden Sterne funkelten und strahlten um die Wette. Die Luft war warm und roch schon nach Sommer.

Sie ging nicht in das große Lager aus Zelten, Grashütten und Nestern, das am Fuß des Felsens entstanden war, nachdem die Söldner des Spürers in den Nordwesten geflohen waren. Sie mied auch den Wald aus Baumgeistern und Wurzlern, der sich angesiedelt hatte. Zwar waren die Wurzler jetzt friedlich und griffen niemanden mehr an, aber sie waren ihr trotzdem noch zu unheimlich. Leise schlüpfte sie an all den fremdartigen Wesen vorbei und lief hinaus ins offene Tal.

Dort grasten die Pferde und die Sirinkim der Nomaden. Ein Junge saß mit überkreuzten Beinen im Gras und schaute den friedlichen Tieren zu. Also er Sonjas Schritte hörte, drehte er sich halb um und schaute zu ihr hoch. Das Mondlicht glänzte auf seinem vernarbten Gesicht, als er lächelte.

»Ich habe auf dich gewartet.«

Sie lächelte zurück. In Lorins Nähe war alles so klar und einfach. Sie setzte sich neben ihn und lehnte sich an seine Schulter, und er legte den Arm um sie. Die Erde war warm und trocken, und das Gras roch so stark und süß, dass sie am liebsten auch ein Pferd gewesen wäre, um es essen zu können.

»Ich konnte nicht dort oben bleiben«, sagte Lorin nach längerem Schweigen.

»Ich auch nicht.« Sie kuschelte sich an ihn. »Gehst du zurück zu den Elarim?«

»Ich weiß es noch nicht. Ich möchte so viel tun ... Ich möchte meine Eltern und Geschwister wiedersehen. Ganna sagt, es geht ihnen gut, aber sie fehlen mir. Aber ich möchte Elri nicht verlassen, und ich möchte noch viel mehr lernen, und ich möchte bei dir bleiben. Ich weiß nicht, wie ich das alles verbinden kann. Und du?«
»Ich muss irgendwann nach Hause. Ich meine – es ist doch vorbei, nicht?«
Lorin sagte nichts.
»Aber irgendwie fühlt es sich nicht richtig an. Alle hüpfen rum und tanzen und singen und erzählen mir, wie toll jetzt alles ist. Ist es auch, oder? Der Nebel ist weg. Rion sagt, die Dämonen wären geschmolzen wie – wie irgendwas Glibberiges. Und dieses Opfer –« Noch immer war es schwer, darüber nachzudenken. Sie hatte solche Angst gehabt, sich so sehr dagegen gewehrt ... Und dann war doch noch alles gut geworden. »Alles ist gut, oder?«
»Wenn das stimmen würde, würdest du dich doch freuen.«
Sie zögerte. Lange. »Es ist eben ... *Zwei sind eins,* stand auf dem Amulett. Und wir ... ich meine, wir beide sind noch da, und Darian und Elri bleiben bestimmt zusammen, aber was ist mit dem König und der Königin? Wenn es immer zwei sind – ich meine – es ist so ungerecht!«
Lorin schwieg. Sonja löste sich von ihm, um ihn ansehen zu können. »Was denkst du?«
»Ich finde es auch ungerecht«, sagte er leise. »Aber wir können ihren Geist nicht zurückrufen. Wenn selbst die Heiler –«
»Aber es *stand* da! *Zwei sind eins!* Und wenn die Göttin uns nicht auseinanderreißen wollte, dann doch bestimmt nicht den König und die Königin! Kannst du nicht den Wolfsgott um Hilfe bitten?«

»Der Wolfsgott ist fort«, sagte er ruhig. »Ich habe nie gespürt, dass er in meinem Geist steckte, aber ich habe gespürt, wie er mich verließ.« Er verzog ein wenig das Gesicht. »Das war ja schließlich der Plan.«
»Dann ist das Alte Wissen weg?«, fragte Sonja betroffen.
»Ich weiß nicht. Manchmal denke ich, er hat es mir hinterlassen, aber vielleicht sind es auch nur ein paar Erinnerungen an das, was mir die alten Leute meines Stammes erzählt haben.«
»Das Amulett ist auch weg.« Sie holte tief Luft. »Aber ich glaube trotzdem, dass nicht alles vorbei ist. Ich meine, dann müsste ich nach Hause und – und alles hier verlassen. Und dich.« Ein Kloß saß ihr im Hals, und sie schluckte. »Ich will nicht nach Hause. Ich will hierbleiben. Bei euch.«
»Und deine Familie? Deine Freunde?«
»Meine Familie braucht mich nicht.« Das klang bitter – und es war auch nicht wahr. Sie vermisste Philipp so sehr, dass es wehtat, und bestimmt vermisste er sie genauso. Und Mama und Papa machten sich bestimmt Sorgen. Corinna dagegen würde kaum merken, dass ihre lästige kleine Schwester nicht mehr da war, und Paul fragte wahrscheinlich nur, ob er Sonjas Zimmer als Labor bekommen konnte. Trotzig fuhr sie fort: »Und Freunde hab ich nicht. Nur Melanie – dachte ich jedenfalls.«
Lorin nahm ihre Hand und hielt sie sanft fest. »Ich habe viel über Melanie nachgedacht. Ich glaube, dass sie zurückkommen wollte. Aber die Geisterwelt ist nicht wie unsere Welt, sie ist ein Geflecht aus unendlich vielen Möglichkeiten. Vielleicht wurde Melanie aufgehalten. Oder sie ist noch immer auf dem Weg zurück. Wir können nur warten.«
Es war tröstlich, das zu hören. Vielleicht hatte er ja recht … vielleicht musste sie einfach nur Geduld haben. Sie ku-

schelte sich wieder an ihn. »Warum weißt du immer so genau, was du sagen musst?«

»Tu ich gar nicht.« In seiner Stimme lag ein Lächeln. »Ich rate nur besonders überzeugend.«

Sie musste kichern, und danach fühlte sie sich nicht mehr ganz so traurig. Es war einfach schön, mit ihm hier zu sitzen und den Pferden zuzusehen. Lorin streichelte ihre Hand, und nach einiger Zeit spürte Sonja, wie sie sich entspannte. Sie hatte nicht einmal mehr gemerkt, wie verkrampft sie gewesen war.

»Schau«, sagte Lorin.

Sonja nahm ihren Kopf von seiner Schulter und folgte seinem Blick.

Weit hinten, wo das Tal schmaler wurde und sich bis zur Steppe durch die Berge schlängelte, leuchtete ein silberner Stern.

Hand in Hand standen Sonja und Lorin auf und sahen zu, wie er näher kam. Nach allem, was Sonja erlebt und gesehen hatte, gab es noch immer nichts, das ihr so den Atem nahm wie der Anblick des schwarzen Einhorns, das mit wehender Silbermähne und fliegendem Schweif durch die Nacht galoppierte, anmutig und schwerelos wie ein Traum und gleichzeitig voller Kraft. Aber es war nicht nur seine Schönheit, die sie so an ihm liebte, sondern alles, was er verkörperte: Freundschaft und Treue und ausschließliches, bedingungsloses Vertrauen.

Als er vor ihnen stehen blieb und den Kopf senkte, strich sie ihm über die Stirn. »Nachtfrost ...« Sie wusste nicht einmal, was sie sagen wollte. Seit dem Kampf am gläsernen Schlot hatten sie kaum Zeit gehabt, miteinander zu reden. Immer hatte jemand Sonja weggezerrt, um sie hochleben zu lassen und ihr zu erzählen, wie mutig und großartig sie war.

Sie wollte nicht mutig und großartig sein. Sie wollte Sonja Berger sein und mit Lorin zusammenbleiben und auf Nachtfrost reiten, und Melanie sollte bei ihr sein und auf Beyash reiten. Das war alles, was sie wollte.
Steigt auf, sagte Nachtfrost, dessen dunkle, sanfte Augen bis in ihre Seele blickten.
Sie griff in seine Mähne und schwang sich auf seinen Rücken. Gleich darauf saß Lorin hinter ihr und hielt sich kaum merklich an ihr fest. Nachtfrost drehte sich um und schritt durch das Gras, das sich silbrig im Mondlicht wiegte. Die Bewegung war ruhig und gleichmäßig, und irgendwann hatte Sonja das Gefühl, etwas sagen zu können, ohne wie ein kleines Kind loszuheulen. »Nachtfrost?«
Er drehte ein Ohr nach hinten.
»Wir ... haben über die Königin gesprochen, Lorin und ich. Warum ist ihr das passiert? Warum ist sie verloren gegangen?«
Sie hat sich zu weit fortgewagt.
»Stimmt es denn? Kann sie sich in einen Falken verwandeln?«
In ihren Träumen kann sie es. So wie du in deinen Träumen ins Alte Land reisen kannst. Doch in einem dieser Träume ist sie der Nebelkönigin begegnet.
Sonja fröstelte. »Aber die ist doch jetzt tot, oder?«
Nachtfrost schwieg.
»Oder?«
Du hast von der Insel Raskyd im Weißen Meer gehört, sagte Nachtfrost nach einer langen Pause. *Einst war sie ein Gebirge. Dort gab es drei Städte: Cereizal, Rilmorroth und Tairothin, und beherrscht wurden sie von Teirashna, Salet und Morval.* Ein Zittern lief über sein Fell, als er die Namen nannte. *Nach dem Aufreißen der Nebelmeere kämpften sie gegen die Dämonen*

aus der Tiefe, doch sie verloren den Kampf, und die Dämonen übernahmen ihre Körper. Das ist lange her. Die Frau, die du vertrieben hast, war kein Mensch mehr. Sie ist nur noch ein Dämon.

»Vertrieben?«, flüsterte Sonja. »Dann ist sie nicht tot?«

Nein, sagte Nachtfrost sanft. *Sie und die beiden anderen haben sich nach Raskyd zurückgezogen.*

»Aber – dann war alles umsonst? Irgendwann kommen sie wieder und machen wieder alles kaputt?« Verzweiflung stieg in ihr auf. Die ganze Mühe, die Angst –

Nein, sagte Nachtfrost. *Nach Parva kommen sie nie wieder. Du und Lorin, ihr habt dem Land die Kraft zurückgegeben, die es braucht, um sich zu wehren. Sie werden für eine lange Zeit in ihren zerstörten Städten bleiben und sich dann nach Norden, Osten und Süden wenden, um es erneut zu versuchen.*

»Kann man da nichts tun? Können wir den anderen Ländern nicht helfen?«

Sonja, Aruna hat dich nach Parva gerufen. Andere werden für die Länder im Osten kämpfen. Du kannst nicht die ganze Welt retten, auch wenn du hier Großes getan hast.

»Ich will ja nicht die ganze Welt retten. Ich will nur ... ach, ich weiß auch nicht.«

Es gab eine lange Pause. Nachtfrost schritt weiter durch das hohe Gras, und der silberne Mond glitt auf die Berggipfel im Westen zu. Ein leichter Wind kam auf. Sonja war müde, aber sie wollte nicht umkehren. Sie lehnte sich an Lorin und ließ sich von ihm wärmen. In einiger Entfernung sah sie ein paar Grasgeister tanzen, durchsichtige Geschöpfe mit spinnenhaft langen Beinen. Es war schön, sich nicht mehr vor allem Fremdem fürchten zu müssen. Und noch schöner wäre es gewesen, wenn Melanie nicht verschwunden wäre.

»Wann muss ich wieder nach Hause?«, fragte sie niedergeschlagen.
Noch nicht, erwiderte Nachtfrost. Er blieb stehen, hob den Kopf und blähte die Nüstern. *Wir bekommen Besuch.*
Sonja und Lorin schauten nach vorne. Aus der Schlucht, die auf die Steppe hinausführte, trabte eine lange Reihe von Reitern. Obwohl sie noch weit entfernt waren, blitzte das Mondlicht auf ihren Speeren.
Lorin wurde ganz starr.
»Was ist?«, fragte Sonja beklommen. »Wer ist das?«
»Ich bin nicht ganz sicher ...«
Ava, antwortete Nachtfrost ruhig. *Die Falkenkrieger. Der Stamm der Königin.*
Hatte Sonja nicht vor Kurzem noch gedacht, sie müsste sich nicht mehr fürchten? Plötzlich klopfte ihr Herz bis zum Hals. »Aber das sind doch die, die für den Spürer gekämpft haben! Wollen sie uns angreifen?« Sie drehte sich halb um und spähte zu der Festung zurück, die düster und drohend gegen den mondhellen Nachthimmel aufragte. »Wir müssen die anderen warnen!«
»Warte!«, sagte Lorin. »Ich glaube, sie kommen nicht, um zu kämpfen.«
»Woher weißt du das?« Für ihre unerfahrenen Augen sah diese Reihe bewaffneter Reiter kämpferisch genug aus.
»Es sind zu wenige für einen offenen Angriff, und sie versuchen nicht, sich zu verstecken.« Er schaute zu den Hängen der umliegenden Berge hoch. »Wenn da oben kein verborgenes Heer heranschleicht –«
Da ist niemand, erwiderte Nachtfrost.
»Kann ich mir auch nicht vorstellen. Die Ava kämpfen nicht mit verborgenen Klingen. Aber trotzdem ist es seltsam, dass sie herkommen, dazu noch mitten in der Nacht. Wenn sie

mit friedlichen Absichten kämen, würden sie den Tag abwarten. Sie – he!« Hastig griff er zu und hielt sich an Sonja fest. Ohne Warnung war Nachtfrost in leichten Galopp gefallen und hielt direkt auf die Reiter zu. »Was hast du vor?« Nachtfrost antwortete nicht.

Als die Reiter sahen, dass Nachtfrost auf sie zukam, zogen sie ihre Reihe auseinander. Die hinteren trieben ihre Pferde ein wenig an, bis der ganze Trupp in einer Reihe nebeneinander ritt. Es mussten mindestens vierzig Reiter sein, und Sonja wurde es mulmig zumute, als sie auf diese lebendige Mauer zugaloppierten. Was hatten sie vor? Was hatte Nachtfrost vor? Je näher sie den Reitern kam, desto bedrohlicher sahen sie aus. Sie waren bis an die Zähne bewaffnet; jeder hatte zusätzlich zu seinem Speer auch ein Schwert, Pfeile und Bogen. Sie waren braunhaarig und grauhäutig wie die Elarim, hatten aber ihre Lederkleidung mit Federn geschmückt statt mit kleinen Perlen. Sie erkannte einige Frauen, aber in dieser Welt hieß das gar nichts; sie hatte die Frauen der Nomadenstämme genauso gegen die Dämonen kämpfen sehen wie die Männer.

Nachtfrost hielt vor ihnen an, schimmernd in der Dunkelheit. Die Nomaden musterten ihn und seine beiden Reiter schweigend, und in allen Gesichtern stand dasselbe: Ablehnung. Widerwille.

Hass?

Ganz sicher war es nicht die Ehrfurcht, die die anderen Stämme dem Boten der Göttin und den beiden Auserwählten entgegenbrachten.

Niemand sprach, bis Lorin Sonja ganz leicht anstupste und flüsterte: »Sag etwas! Begrüße sie!«

»Ich? Wieso ich?«, zischte sie zurück und kam sich plötzlich vor wie in der Schule, wenn sie mal wieder vor der gesam-

ten Klasse zugeben musste, dass sie die Hausaufgaben vergessen hatte. Nur war das hier noch ein wenig ernster und konnte schlimmere Folgen haben als eine schlechte Note.
»Weil du die Auserwählte bist!«
Verflixt noch mal! Wurde sie das denn nie wieder los? »Und was soll ich sagen?«
»Das ist ein formelles Treffen, kein Freundschaftsbesuch. Sei so höflich wie möglich!«
Na toll! Sonja schluckte, erinnerte sich an eine lange zurückliegende Begrüßung und konnte nur hoffen, dass sie damit nicht völlig danebenlag. »Ähm ... seid gegrüßt, Krieger der Ava ...«
»In Chiarron«, wisperte Lorin.
»... in Chiarron.«
Niemand antwortete. Einige der Reiter senkten kurz ihre Speere, aber Sonja war sich nicht sicher, ob das nun eine höfliche Begrüßung oder eine Drohung war. Sie schwieg und wusste nicht, was sie nun sagen sollte.
Endlich sagte ein alter Mann schroff: »Du bist die Auserwählte der Göttin.«
Schön, sie wussten wenigstens, wer sie war – auch wenn er das Wort »Auserwählte« ausspuckte wie etwas, das vergammelt schmeckte.
Sie nickte nur.
Der alte Mann musterte sie wie ein besonders hässliches Insekt. »Weißt du, wer wir sind?«
»Die Falkenkrieger. Das Volk der Königin.«
»Wenigstens etwas«, schnaubte er. »Was du wahrscheinlich nicht weißt, ist, dass wir für Gundar von Keban gekämpft haben.«
Sonja biss sich auf die Lippen. Jede Antwort konnte jetzt falsch sein.

»Die Gründe dafür gehen nur uns etwas an. Aber jetzt sind wir Ausgestoßene. Feinde in unserem eigenen Land. Feinde unserer Verwandten.« Ein knochiger Zeigefinger stach wie ein Speer durch die Luft. »Du wirst uns helfen, das zu beenden.«

Nachtfrost legte kurz die Ohren an. Offenbar gefiel ihm der unhöfliche Ton genauso wenig wie ihr. Aber er blieb still.

»Als Geisel?«

Aber das war wohl die falsche Frage gewesen. Die Gesichter vereisten.

Der alte Mann beugte sich im Sattel vor. Seine dunklen Augen funkelten sie wütend an. »Frag so etwas nie wieder. Wir sind die Falkenkrieger. Wir sind die Ava!«

Keine wirklich logische Argumentation, hätte Melanie jetzt gesagt. Aber für diese Leute schien es Erklärung genug zu sein. Sonja schluckte. »Es tut mir leid. Entschuldigung.«

»Wir sind der Stamm der Königin.« Bei jedem Wort stach der Zeigefinger in ihre Richtung. »Durch sie sind wir mit den Teshante verbunden. Durch die neue Gefährtin seines Sohnes mit den Elarim und den Tesca. Es darf keinen Krieg zwischen Verwandten geben. Hast du das verstanden, Auserwählte aus einer fremden Welt?«

Hielten die sie eigentlich für blöd? Und wenn sie keinen Krieg gewollt hatten, warum hatten sie dann für den Spürer gekämpft? Aber Sonja hatte das deutliche Gefühl, dass eine Diskussion jetzt nicht wirklich erwünscht war. Also nickte sie nur.

»Gut«, knurrte der Alte. »Und deshalb wirst du die Königin retten.«

Verblüfft schaute Sonja ihn an. »Wie soll ich das denn machen? Geht das überhaupt?«

»Was weiß ich?«, fauchte der Mann. »Du bist die Auser-

wählte der Göttin! Du hast diesen Krieg beendet, oder nicht? Dann wirst du auch einen Weg finden!«
»Aber –«
»Schweig!« Ein Wort wie ein Peitschenhieb. Dann milderte der Mann seinen Ton; zum Glück, denn eigentlich wollte Sonja nur noch eins: so schnell wie möglich abhauen.
»Wir wissen, dass sie gefangen ist. Wir wissen auch, wo. Du musst einen Falken suchen, einen lebendigen Vogel oder eine Statue, vielleicht ein Schmuckstück. Bring sie zu uns, dann können wir sie heilen und dem Land zurückgeben.«
Sonja zögerte. Seltsam. Das war doch eigentlich genau das, was sie am meisten beschäftigt hatte. Aber trotzdem fand sie, dass diese Leute ruhig ein bisschen netter hätten sein können. Ob Königin Aletheia auch so arrogant und unfreundlich war, wenn sie eines Tages wieder aufwachte?
»Ich –«, begann sie, aber da sagte Nachtfrost in ihrem Kopf: *Nein.*
Überrascht schaute sie auf ihn hinab. »Was?«
Nein. Versprich ihnen nichts. Deine Aufgabe ist getan.
»Aber die Königin –«
Sonja, du musst nach Hause zurückkehren. Die Königin befindet sich an einem Ort, an dem die Göttin dich nicht schützen kann. Du kannst ihr nicht helfen.
Sonja biss sich auf die Lippen. Wie konnte er das sagen? Spürte er nicht, dass sie damit alle im Stich ließ? Und sie hatte sich doch geschworen, dass das nie wieder passieren würde! War sie nun die Auserwählte oder nicht? »Aber ich will ihr helfen!«, zischte sie. »Es ist ungerecht, dass alle gerettet sind, nur sie nicht! Und ich hab auch früher ohne Prophezeiung gelebt!«
Sonja, nein! Jetzt lagen seine Ohren ganz flach an, und er stampfte hart auf. *Das ist etwas anderes!*

»Das ist gar nichts anderes!« Und bevor er noch ein Wort sagen konnte, rief sie: »Ich mache es! Sagt mir, wo sie ist!«
Nachtfrost stand plötzlich ganz still. Jetzt erst spürte Sonja, dass Lorins Hände sich in ihre Seiten krallten. Offenbar merkte Lorin es auch, denn er ließ sie los.
Der alte Mann verzog sein Gesicht zu einem Lächeln, das auch ein böses Grinsen sein konnte.
»Raskyd«, sagte er.

Umschlaggestaltung von Groothuis, Lohfert & Consorten, Hamburg, unter Verwendung von Fotografien von Panthermedia.de

Illustrationen (Karte) von Astrid Vollenbruch

Bibliografische Information der Deutschen Nationalbibliothek: Die deutsche Nationalbibliothek verzeichnet diese Publikation in der Deutschen Nationalbibliografie; detaillierte bibliografische Daten sind im Internet über http://dnb.ddb abrufbar.

VQ

ISBN 978-3-440-11500-8
Redaktion: Ina Lutterbüse
Gestaltung und Layout: DOPPELPUNKT Auch & Grätzbach GbR, Stuttgart
Produktion: Angela List
Printed in the Czech Republic/Imprimé en République tchèque

EinhornZauber

Astrid Vollenbruch
Einhornzauber
Über die Nebelbrücke
ISBN 978-3-440-110846-8

1

Astrid Vollenbruch
Einhornzauber
Die weißen Schwestern
ISBN 978-3-440-10847-5

2

Astrid Vollenbruch
Einhornzauber
Die zerbrochene Stadt
ISBN 978-3-440-11055-3

3

Astrid Vollenbruch
Einhornzauber
Das Volk im Kristall
ISBN 978-3-440-11356-1

4

Jeder Band mit 192 Seiten.
Je € 9,95; €/A 10,30; sFr 19,10 (Preisänderung vorbehalten)

www.kosmos.de

KOSMOS

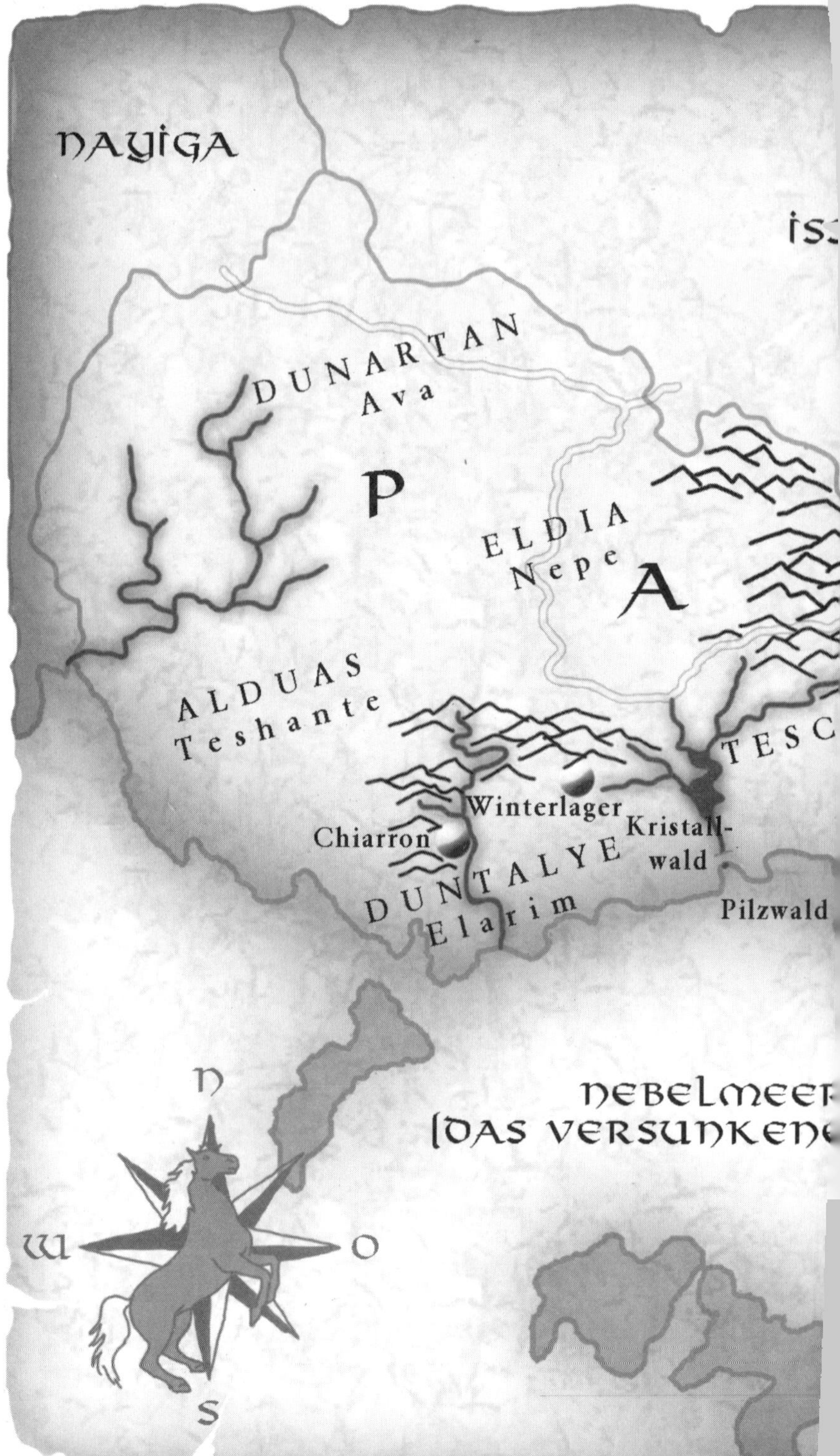
NAYIGA
DUNARTAN
Ava
P
ELDIA
Nepe
A
ALDUAS
Teshante
Winterlager
Chiarron
Kristall-
wald
DUNTALYE
Elarim
Pilzwald
NEBELMEER
(DAS VERSUNKENE
N
W
O
S